rowohlt
rotfuchs

AF756468

Frederik Hetmann
Harald Tondern

Die Nacht, die kein Ende nahm

In der Gewalt
von Skins

Rowohlt Taschenbuch Verlag

Lehrermaterialien zu diesem Buch finden Sie unter
www.rowohlt.de neben dem Titel.
Sie können als kostenloser Download heruntergeladen werden.

26. Auflage Dezember 2020

Originalausgabe
Veröffentlicht im Rowohlt Taschenbuch Verlag,
Reinbek bei Hamburg, September 1994

Lektorat Renate Boldt
Umschlaggestaltung any.way, Barbara Hanke / Cordula Schmidt
Umschlagabbildung Maurice Weiss / OSTKREUZ
Gesetzt aus der Palatino PostScript (PageOne)
Gesamtherstellung CPI books GmbH, Leck, Germany
ISBN 978 3 499 20747 1

Die Rowohlt Verlage haben sich zu einer nachhaltigen
Buchproduktion verpflichtet. Gemeinsam mit unseren Partnern
und Lieferanten setzen wir uns für eine klimaneutrale
Buchproduktion ein, die den Erwerb von Klimazertifikaten
zur Kompensation des CO_2-Ausstoßes einschließt.
www.klimaneutralerverlag.de

FSC www.fsc.org
MIX
Papier aus verantwortungsvollen Quellen
FSC® C083411

Inhalt

Nemed Gürzil

Schüler der R 7:

«Irgendwie sind mir die nicht geheuer», sagte Susan. «Lass uns auf die andere Straßenseite gehen.»
Die, das war ein lärmender Pulk junger Leute, die sich an der Straße in den Ort um eine Parkbank versammelt hatten. Erst als Susan und ich näher kamen, hörte ich die immer wieder von Knacken und Rauschen unterbrochene Stimme eines Sportreporters.
«Die hören Fußball», sagte ich, weil mir nichts Besseres einfiel. «Dresden gegen den HSV.»
«Und Dresden kriegt mal wieder die Hucke voll», sagte Susan. Dann fügte sie leise hinzu: «Komm, lass uns schneller gehen.»
Aus der Gruppe von neun oder zehn jungen Leuten – auch zwei oder drei Mädchen waren dabei, wie ich jetzt sah – hatte sich ein Mann gelöst. Trotz der Hitze hatte er eine schwarze Lederjacke an. Im Gehen nahm er einen langen Schluck aus einer Coladose. Sein großer, runder Schädel war kahl geschoren.
Mit langen Schritten überquerte er das holperige Kopfsteinpflaster und stellte sich uns breitbeinig in den Weg. «Halt!» Susan und ich blieben stehen. Der Kerl reckte sein Kinn vor. «Was habt ihr hier zu suchen?»
Ich wusste nicht, was ich darauf antworten sollte. Auch Susan schwieg.

«Bist wohl taub, was?» Der Skin stieß mir seine Coladose gegen die Brust. Braune Flüssigkeit schwappte auf mein weißes T-Shirt.
Ich schluckte. Ich hatte das Hemd erst vor wenigen Minuten angezogen, nachdem Susan gefragt hatte, ob sie mitkommen könnte zur Telefonzelle. In hilfloser Wut ballte ich die Fäuste.
Der Skin packte mich mit der linken Hand am Gürtel und zog mich langsam hoch, bis mein Gesicht auf gleicher Höhe mit dem seinen war.
«Merk dir das, du Kümmeltürke! Wir mögen hier keine Kanaken! Und Negerpuppen wie deine Freundin schon gar ...»
«TOOOOR!», brüllten sie auf der anderen Straßenseite. «Tor für Dresden!»
Der Skin ließ mich abrupt los, rannte über die Straße und umarmte zwei junge Männer, die neben der Parkbank einen Freudentanz aufführten.
Ich stolperte zwei, drei Schritte rückwärts, fand mein Gleichgewicht nicht und landete auf dem Hintern.
Susan half mir auf. «Bloß weg hier!»

Das leer stehende Hotel, in dem unsere R 7 aus Berlin-Kreuzberg untergebracht war, hatte noch kein Telefon. Deshalb hatte ich mir gleich am Tag unserer Ankunft eine Telefonzelle gesucht. Ich hatte meinen Eltern versprochen, dass ich während unserer Klassenfahrt am Samstagabend anrufen würde. Jetzt wartete Sakine bestimmt schon ungeduldig. Sakine ist meine kleine Schwester.
Als Susan und ich an der Zelle ankamen, stand eine Frau in dem gläsernen Kasten. Wahrscheinlich war sie vom Campingplatz gegenüber. Sie hatte eine grüne Turnhose an und war barfuß.

Wir waren beide außer Atem. Wir waren die ganze letzte Strecke gerannt.
Die Frau in der Telefonzelle fühlte sich offenbar gestört von uns Kindern. Sie drehte uns plötzlich den Rücken zu.
«Ich glaube, die will länger reden», sagte Susan.
«An der Post gibt es noch zwei Zellen.» Ich hatte das gleich nach unserer Ankunft in dem Badeort an der mecklenburgischen Ostseeküste erkundet. Einer der beiden Apparate war ein Kartentelefon, aber das würde ich auf gar keinen Fall benutzen.
Dabei hatte ich eine nagelneue Telefonkarte in der Gesäßtasche meiner Jeans. Kurz vor der Abfahrt unseres Busses hatte mein Vater mir die Karte zugesteckt.
Noch bevor der Fahrer auf die Stadtautobahn einbog, hatte ich beschlossen, sie aufzuheben. Ich besaß schon über 110 abtelefonierte Telefonkarten. Die meisten hatte ich in den Zellen rund um die Schule gefunden. Aber ich hatte erst zwei, bei denen noch alle Einheiten auf dem Chip vorhanden waren.
Aus dem Katalog, den ich mir manchmal nach dem Fußballtraining in der Buchabteilung vom KadeWe anschaue, kannte ich die neuesten Preise für Telefonkarten: Am höchsten werden die gehandelt, die nicht zum Telefonieren benutzt worden sind. Denn die sind natürlich seltener.
«Na, prima», sagte Susan, als wir an der Post ankamen. «Nur das Kartentelefon ist frei!»
In der anderen Zelle stand ein junger Mann in einer schwarzen Bomberjacke. Er schien ziemlich sauer zu sein. «Ja, ja», rief er in den Hörer. «Aber hab ich nun mal nicht! Glatze hätte sich doch denken können, dass ich anrufe … Wie? Was soll ich nicht? Wieso, ich schrei doch gar nicht …»

Ich kämpfte mit mir.
Susan zupfte ungeduldig an ihren bunten Rastazöpfchen. «Schade, dass wir keine Karte haben!»
Ich hatte schon die Hand in der Gesäßtasche. Aber ich zog die Telefonkarte nicht heraus. Mein Vater hat bestimmt einige Mühe gehabt, genau diese Karte, mit dem Strichmännchen-Fußballer darauf, für mich zu finden, redete ich mir ein.
Aber in Wirklichkeit wollte ich die Karte einfach nur für meine Sammlung haben. Deshalb holte ich sie nicht hervor.
Leicht fiel mir das nicht gerade. Bestimmt würde es Susan imponieren, wenn ich jetzt weltmännisch meine Telefonkarte aus der Tasche zog und sie ihr anbot. Aber Susan wusste ja zum Glück nicht, dass ich die Karte hatte. Auf der Fahrt von Berlin hatte sie ganz hinten im Bus gesessen, neben Ayşe. Von dort hatte sie nicht sehen können, dass ich mir die Strichmännchen-Karte immer wieder angeschaut hatte.
«Na, endlich!», stöhnte Susan genervt.
Der junge Mann hängte den Hörer ein und kam aus der Zelle. Er starrte Susan herausfordernd an. «Ist was?»
«Piff!», machte Susan schnippisch. Sie drängelte sich an dem Mann vorbei in das Telefonhäuschen.
Für einen Moment fürchtete ich, dass es schon wieder Ärger geben würde. Aber der Typ schüttelte nur ärgerlich den Kopf. Dann trollte er sich. Er hatte eine seltsame Frisur. An den Seiten waren seine Haare so kurz, dass die Haut durchschimmerte, oben wurden sie länger, und vorn hingen sie ihm in langen Fransen bis über die Augen.
Susan winkte heftig mit dem Hörer, während sie mit der anderen Hand wählte.
Ich tat, als ob ich es nicht sah.

«Komm doch mit rein, Nemed!» Susan hatte die Glastür mit dem Po aufgedrückt. «Wie? Nein, nicht du, Dad! I spoke to my friend …» Sie winkte noch einmal, jetzt mit der anderen Hand. Dann ließ sie die Tür zufallen und drehte mir den Rücken zu.
Ich war froh, dass es bei ihr so schnell mit der Verbindung geklappt hatte. Ich wäre zwar gern mal dabei gewesen, wenn Susan mit ihrem Vater redete. Aber das hätte bedeutet, dass Susan auch in der Zelle war, wenn ich anschließend mit meinen Eltern telefonierte. Und das wollte ich auf keinen Fall. Warum, wusste ich selbst nicht so genau.
Damit Susan nicht das Gefühl hatte, dass ich lauschte, ging ich ein Stück von der Zelle weg und setzte mich auf den Betonrand eines Blumenkübels.
Susan telefonierte lange mit ihrem Daddy. Sie lachte und gluckste. Immer wieder warf sie ein paar Münzen nach.
Während ich zu ihr hinübersah, wurde mir auf einmal klar, dass es genau das war, was ich an ihr mochte, ihre Fröhlichkeit. Irgendwie wirkte die ansteckend. Man konnte noch so miesepeterig drauf sein, nach ein paar Minuten mit Susan hatte man alles vergessen und konnte wieder lachen. Außerdem sah Susan natürlich auch toll aus mit ihrer hellbraunen Haut und ihren großen, dunklen Augen. Kein Wunder, dass ich nicht der Einzige war, der mit ihr gehen wollte.
Mein Blick fiel auf die halb vertrockneten Rosensträucher in dem Betonkübel. Ob Susan mich auslachen würde, wenn ich ihr eine der Rosen pflückte …?
«Hallo, Nemed! Du bist dran!»
Susan hüpfte quer über den kleinen Platz vor der Post auf mich zu. Ihre dunklen Augen funkelten. Es hatte ihr Spaß gemacht, mit ihrem Dad zu reden.
Ich stand auf.

«Ich beeil mich», sagte ich.
Das Strahlen verschwand plötzlich aus Susans Augen. «Mist», sagte sie leise. «Dresden hat wieder verloren!»
Ich kapierte nicht gleich. Aber ich folgte Susans Blick und drehte den Kopf.
Entschlossenen Schrittes kamen die jungen Leute von der Parkbank die Straße entlang. Es schienen ein paar weniger geworden zu sein. Aber dafür waren sie inzwischen auf Bier umgestiegen. Jedenfalls hatte der Glatzkopf von vorhin, der voranmarschierte, statt der Cola jetzt eine goldglänzende Bierdose in der Faust.
«Da sind sie!», rief jemand.
Susan griff nach meiner Hand. «Komm, wir hauen lieber ab!»
Die Gruppe johlte, als wir losrannten. Aber sie unternahm nicht den geringsten Versuch, uns einzuholen.
Die meinen uns überhaupt nicht, dachte ich erleichtert. Trotzdem lief ich weiter.
Ich sah Susan an. «Da vorn an der Straßenecke biegen wir rechts ab. Dann können wir uns im Wald verstecken, okay?»
Der Stadtwald war riesig, über hundert Hektar groß. Ich hatte mich dort schon zweimal verlaufen, als ich versuchte, eine Abkürzung vom Strand zu unserer Unterkunft zu finden. Einmal hatte ich auf diese Weise ein Rudel Rehe auf einer Lichtung entdeckt.
Aber kurz bevor wir die Straßenecke erreichten, tauchte dort der Junge mit den Fransenhaaren auf, den wir schon aus der Telefonzelle kannten. Hinter ihm erschienen noch ein paar Kerle. Einer von ihnen hatte sich den Schädel kahl geschoren. Er grinste erfreut.
Susan und ich blieben stehen.
«Und jetzt?», fragte Susan leise. «Das sind Skinheads.»

Ich wusste auch nicht, was wir tun konnten. «Vielleicht ist ja alles nur ein Missverständnis», sagte ich, aber ich glaubte selbst nicht daran.
Langsam schloss sich der Kreis der Skinheads um uns.
Ich sah, dass einer der Glatzköpfe an der Schläfe in großen schiefen Buchstaben das Wort SKIN in die Haut eintätowiert hatte.
Susan hatte beide Daumen in die Taschen ihrer Jeans gesteckt. «Was wollt ihr eigentlich von uns?», fragte sie ärgerlich. «Könnt ihr uns nicht in Ruhe lassen?»
«Können wir schon», antwortete der mit den Fransen über den Augen. Seine runden Backen hatten sich gerötet vor Aufregung. Er schien mächtig stolz darauf zu sein, dass er seine Kumpels zu uns geführt hatte. «Aber dann müsstest du in deinen Negerkral zurückgehen und dein Freund in die ...»
«In was für einen Negerkral?», unterbrach Susan ihn. «Gibt's so was in Deutschland überhaupt? Zufällig bin ich nämlich in Deutschland geboren. Na klar bin ich Deutsche. Genau wie du, oder?»
«Ich?» Der Typ reagierte verwirrt, fing sich aber schnell. «Klar bin ich Deutscher!»
«Halt's Maul, Franse!» Ein etwas älter wirkender Skin mit millimeterkurzen blonden Borsten rammte dem Jungen mit den Haarfransen über den Augen die Faust in die Seite.
«Ist ja gut, Rocky!», japste Franse.
Rocky tätschelte mir gönnerhaft den Kopf. «Da habt ihr aber Glück, gehabt», sagte er.
Ich versuchte vergeblich, der Hand auszuweichen. «Wieso?», fragte ich.
«Weil wir ein bisschen auf euch aufpassen werden», antwortete Rocky. Er senkte vertraulich die Stimme. «Es gibt

hier im Ort nämlich Leute, die haben was gegen Türken und Negermädchen.»

Das können die doch nicht machen, dachte ich. Die können uns doch nicht einfach mitnehmen. Es ist ja noch ganz hell, die Menschen hinter all diesen Fenstern müssen das doch mitbekommen.
Ich sah zu der weiß verputzten Villa auf der anderen Straßenseite hinüber. Bewegten sich hinter dem Fenster gleich neben dem Eingang nicht die Gardinen?
Aber niemand zeigte sich.
Ein anderer Gedanke beruhigte mich für einen Moment: Bestimmt sind die Leute zum Telefon gerannt und rufen die Polizei an.
Aber nichts passierte.
Mehrere Minuten verstrichen und man hörte immer noch keine Polizeisirene.
Susan und ich hatten uns beide geweigert, die Fragen der Skinheads zu beantworten.
Ich hatte ihnen nur meinen Vornamen gesagt. Ich dachte, wenn sie wissen, wie ich heiße, haben sie vielleicht Hemmungen, mir etwas zu tun.
Susan hatte ihnen nach kurzem Zögern auch ihren Vornamen verraten.
«Und wie alt bist du, Susan?», hatte der gefragt, den sie Rocky nannten.
Susan hatte die Lippen zusammengepresst und nicht geantwortet. Daraufhin hatte auch ich geschwiegen.
Die Skinheads hatten uns in die Mitte genommen. Dann waren sie mit uns losmarschiert. Nicht auf dem Bürgersteig, sondern mitten auf der Straße.
An der Ecke bogen sie nach rechts ab.
Weit und breit war niemand zu sehen. Wahrscheinlich sa-

ßen die Leute zu Hause oder in ihren Hotelzimmern vor dem Fernseher.
Auf der rechten Straßenseite tauchte das rote A einer Apotheke auf. Davor stand ein dunkelblauer BMW am Randstein. Ein Mann und eine Frau, beide in geblümten Shorts, kamen aus dem Laden. Die Frau hatte eine kleine weiße Pappschachtel mit einem Medikament in der Hand.
Susan stieß mich mit dem Ellenbogen an. Dann schrie sie ganz plötzlich los. «Hilfe! Hilfe, wir werden ent...!»
«Hilfe!», fiel ich ein. «Bitte, helfen ...!»
Eine große, grobe Hand presste sich hart auf meinen Mund. Ich versuchte, mich loszureißen. Ein nackter Arm legte sich von hinten um meine Brust, hob mich hoch und drückte mich an einen fremden Körper.
Die Skinheads brachen in ein wieherndes Gebrüll aus. Als habe jemand einen besonders gelungenen Witz gemacht.
«Drei ... vier!», kommandierte Rocky geistesgegenwärtig. «Ein Lied!»
«Westerwald!», schrie ein anderer.
Dann schmetterten sie los. «Oh, du schöner Westerwald, über deine Höhen pfeift der Wind so kalt ...»
Rockys durchdringende Stimme übertönte den Lärm: «Gleichschritt!»
Das Paar in den geblümten Shorts lachte, als der Trupp sich mühte, gleichen Tritt zu finden.
Sehen die denn nicht, was hier passiert, fragte ich mich verzweifelt. Oder wollen sie nichts sehen?
Ich war wie gelähmt vor Schreck und vor Angst. Ich konnte gar nicht mehr richtig denken.
Bis vor wenigen Augenblicken hatte ich mir nicht einmal vorstellen können, dass ich jemals in solch eine Situation kommen könnte. So etwas gibt es in Fernsehfilmen oder in

Büchern, aber doch nicht in der Wirklichkeit, hatte ich geglaubt.
Vielleicht dauerte es deshalb so lange, bis die Lähmung, die mich erfasst hatte, nachließ. Meine Beine schienen sich wie von selbst zu bewegen. Nur ganz langsam kehrte das Gefühl zurück, dass sie meinem Willen wieder gehorchten.
Auch meine Lungen schienen nicht mehr richtig zu funktionieren. Seit die Skinheads Susan und mich aufgegriffen hatten, war mein Atem flach geworden. Ich atmete nur noch ganz oben, nicht mehr bis weit nach unten, dicht über dem Po.
Aber das Schlimmste war, dass mein Gehirn nicht mehr arbeitete. Nur noch ein einziger Gedanke schien in ihm Platz zu haben.
Das können die doch nicht machen, dachte ich. Das dürfen die doch gar nicht!
Hunderte Male wiederholten sich diese beiden Sätze in meinem Kopf. Schließlich nahmen sie den Rhythmus des Liedes auf, das die Skins grölten. Ich erschrak, und das half mir, aus dem Labyrinth dieser Gedanken herauszufinden.
Ich merkte, dass meine Beine sich längst dem Rhythmus der stampfenden Springerstiefel angeglichen hatten. Sie hatten gar keine andere Wahl, wenn sie nicht ins Stolpern kommen wollten. Die tanzenden schwarzen Balken auf dem ärmellosen weißen T-Shirt vor mir wurden zu Buchstaben. RADIKAHL stand dort.
Auf dem roten Hemd eines anderen Skinheads, der links vor mir marschierte, las ich den Aufdruck: DEUTSCHLAND DEN DEUTSCHEN! AUSLÄNDER RAUS! Unter den Armen des Mannes hatten sich große dunkle Flecke gebildet. Ich konnte deutlich den säuerlichen Schweißgeruch wahrnehmen.

Als ich noch weiter nach links sah, entdeckte ich zwei Mädchen auf dem Bürgersteig, die mit dem Trupp mitgingen. Das eine war blond, mit schulterlangen Haaren und erhitzten Wangen. Das andere hatte eine dunkle, kurze Frisur und trug zu schwarzen Jeans eine graue Bluse mit bis über die Ellenbogen aufgekrempelten Ärmeln. Ich erinnerte mich, dieses Mädchen vorhin an der Parkbank gesehen zu haben. Auch dort hatte es schon auf diese eigenwillige Art geraucht. Als ob es die Zigarette mit zwei Fingern zusammenpresste, bevor es angespannt den Rauch einsog. Vielleicht war auch die Blonde dort gewesen. Aber da war ich nicht ganz sicher.

Der Anblick der Mädchen machte mir Hoffnung. Was immer die Skinheads mit uns vorhatten, die Mädchen würden das Schlimmste verhindern.

Wir überquerten einen großen Parkplatz. Gleich dahinter begann der Stadtwald.

«Lieeeeed ... aus!», kommandierte der Skinhead, den sie Rocky nannten.

Der Gesang brach ab. «Wurde auch Zeit», beschwerte sich einer mit einer blauweißen Schirmmütze auf dem Kopf. «Bei euch kann man ja verdursten!» Er nahm einen so großen Schluck aus seiner Bierdose, dass ihm die Flüssigkeit rechts und links am Kinn hinunterlief.

Ich schöpfte neue Hoffnung, als ich Spaziergänger entdeckte, die uns auf dem Waldweg entgegenkamen.

Rocky hatte die Leute auch entdeckt. «Laufschritt, marsch, marsch!», brüllte er.

Eine Faust schloss sich um meinen Oberarm. Ich wurde mitgerissen. Es ging noch zwanzig oder dreißig Meter auf dem Weg weiter. Dann bogen wir nach rechts in den Wald ab. Schon nach wenigen Schritten stolperte mein Aufpasser über eine Baumwurzel. Er ließ mich los und ruderte fluchend mit den Armen, bis er endlich das Gleichgewicht wieder fand.

«He, nicht weglaufen!» Glatze tauchte plötzlich auf der anderen Seite auf und packte mich am Oberarm.

Ich wollte empört erwidern, dass ich nicht einen einzigen Augenblick daran gedacht hatte, die Situation für mich auszunutzen. Ich würde doch Susan nicht ihrem Schicksal überlassen.

Und darauf wäre es ja wohl hinausgelaufen, auch wenn es mir tatsächlich gelungen wäre, die Strandpromenade oder die nächste Polizeiwache zu erreichen. Selbst wenn die Polizisten auf der Stelle mit allen verfügbaren Streifenwagen ausgerückt wären, sie hätten nicht die geringste Chance gehabt, die Skinheads in diesem riesigen Waldgelände zu finden. Ganz davon abgesehen, dass sich die Skins wahrscheinlich besser hier auskannten als die Polizeibeamten.

Aber ich hatte keine Gelegenheit, meinen Protest vorzubringen. Glatze zerrte mich nach links hinüber, mitten durch ein Brennnesselmeer. Dann richtete er es so ein, dass ich mit meinen bloßen Beinen durch ein Dornengebüsch laufen musste.

Als wir eine kleine Lichtung erreichten, waren meine Beine mit brennenden roten Flecken und blutigen Schrammen übersät.

Einige der Skins ließen sich ins Gras fallen. Der mit der blauweißen Schirmmütze warf mit seiner Bierdose nach einem Ahornbaum, verfehlte den Stamm aber um einen halben Meter. «Ich brauch mehr Jauche», maulte er.

Ich stellte erleichtert fest, dass die Skinheads plötzlich das Interesse an Susan und mir verloren zu haben schienen. Während wir beide dicht beieinander, mit hängenden Schultern, in der Mitte der Lichtung standen, stritten sich

die Skins darüber, wer zum Kiosk gehen und neue Sechserpacks holen sollte.
Keiner hatte Lust.
Glatze tippte sich heftig mit dem Zeigefinger auf die muskelbepackte Brust. «Ich geh jedenfalls nicht schon wieder.»
«Wir machen das ganz demokratisch», schaltete sich Rocky beiläufig ein. Er hatte sich auf einen Baumstumpf gesetzt und schnürte seine Doc-Martens-Stiefel neu. «Wer als erster ‹Wieso ich?› sagt, holt Bier und was zu rauchen. Abgemacht?»
Alle nickten grinsend, auch Glatze, obgleich ein misstrauischer Zug auf seinem rundlichen Gesicht lag.
«Also dann gehst du, Glatze», sagte Rocky.
«Wieso ich?», brauste der Junge auf.
Die anderen schlugen sich auf die Oberschenkel und wieherten vor Begeisterung.
Glatze murrte. Aber schließlich begann er, von den anderen Geld für Bier und Zigaretten einzusammeln.
«Das lohnt doch gar nicht mehr», sagte die Blonde plötzlich, als Glatze ihr die Hand hinstreckte. Ich hatte schon seit einer ganzen Weile mit Sorge beobachtet, dass sich über ihrer Nasenwurzel eine steile Falte in ihre Stirn gegraben hatte.
Glatze hielt ihr immer noch seine Handfläche hin. «Was lohnt nicht, Doris?» Diesmal war er auf der Hut. Seine Stimme triefte vor Misstrauen.
Doris schob die Hand ärgerlich weg. «Dass du Jauche holst, Mann!» Sie hielt ihm ihre klobige Männeruhr unter die Nase. «Wie spät ist es?»
«Gleich halb zehn.»
«Eben! Und um zehn wollten wir in der Disco sein. Da können wir genauso gut gleich losgehen.»

Auf Glatzes rotem Gesicht breitete sich Enttäuschung aus. «Und was machen wir mit denen da?»

Das Mädchen blies eine blonde Haarsträhne aus ihrem Gesicht. «Mir doch egal! Ich lass mir jedenfalls diese neue Band nicht entgehen.»

«Letzte Warnung!» Der mit der Mütze machte ein paar stampfende Tanzschritte. «Voll geil sind die! Muss ich unbedingt hören!»

Glatzes rundes Gesicht zuckte. «Aber wir wissen ja noch nicht mal, wo die beiden hier im Ort wohnen.» Seine Stimme klang irgendwie weinerlich, fand ich.

«Dann frag sie doch einfach!» Die Dunkelhaarige sog genervt an ihrer halb gerauchten Zigarette.

Glatze hielt mir drohend die Faust unter die Nase und riet mir, schleunigst gründlich auszupacken, wenn mir mein Leben lieb sei.

Ich schwieg.

«So doch nicht!», rief die Dunkelhaarige ungeduldig. «Das is 'n Scheißtürke, Mann!»

Glatze sah Hilfe suchend in die Runde. Aber alle Skinheads schauten angestrengt in irgendeine andere Richtung. Sein Blick richtete sich wieder auf das Mädchen. «Wie dann?»

Die Dunkelhaarige sog heftig an ihrer Zigarette, ohne zu inhalieren.

«Mann, seid ihr bescheuert!», sagte sie und ging auf Susan zu. «Türken sind doch Machos! Aber nicht so wie ihr. Die fühlen sich für ihre Weiber verantwortlich. Passt mal auf, wie das läuft.»

Ich fühlte, wie meine Knie wieder weich wurden. Ich wusste schon im Voraus, was das Mädchen vorhatte.

Die Dunkelhaarige griff in Susans Rastazöpfe und zog Susans Gesicht zu sich heran. Gleichzeitig sog sie an ihrer Zi-

garette. «Schau dir das gut an, Kleiner!» Sie hielt mir die Glut hin. Dann brachte sie die Zigarette dicht an Susans hellbraune Wange. «Na, was ist? Soll ich ihr meine West auf ihre zarte Negerhaut drücken? Dann läuft sie ihr Leben lang mit einer Riesennarbe herum.»
Susan verzog keine Miene, während das Mädchen die Glut ihrem Gesicht näherte. Nur ihre großen schwarzen Augen verdrehten sich bei dem verzweifelten Versuch, die Zigarette nicht aus dem Blick zu verlieren.
Gleich würde sich die Glut in Susans Haut brennen.
«Nicht!», schrie ich.

Thomas Naumann

Klassenlehrer der R 7:

Es muss kurz vor zehn gewesen sein oder möglicherweise auch schon zehn. Ich habe nicht auf die Uhr geschaut. Natürlich nicht. Ich weiß nur: Wir waren beim Vorlesen, das beschloss auf der Klassenfahrt bei uns den Tag. Damit hoffte ich, die Schüler etwas ruhiger zu stimmen vor dem «Zapfenstreich», auf den wir uns mit der Klasse für zehn Uhr geeinigt hatten.

Meine Kollegin Frau Karst hatte mir gesagt, es seien alle im Haus, bis auf Nemed Gürzil und Susan Swift. Die seien telefonieren gegangen. Zwei Kinder waren müde gewesen, sie hatten ihre Zimmer im ersten Stock aufgesucht und schliefen schon. Wie die anderen da im Halbkreis auf dem Fußboden vor mir saßen, die Kollegin in der Mitte, zählte ich also, ehe ich zu lesen anfing, einundzwanzig.

Ich hatte ihnen zur Einleitung etwas über das Leben von Mark Twain erzählt – was der Name bedeutet, nämlich einen Lotsenruf über die Wassertiefe, und dass Twain selbst am Mississippi aufgewachsen ist. Wir waren bis ins zweite Kapitel gekommen, wo es heißt: *«Huck Finn hier hat ja keine Familie – was machst du denn mit dem?» – «Na, hat er vielleicht nicht 'nen Vater?», sagte Tom Sawyer. «Ja, einen Vater hat er, aber den kann man doch jetzt nie finden. Früher lag er immer besoffen bei den Schweizern in der Gerberei, aber jetzt ist er schon über 'n Jahr nicht mehr gesehen worden.»*

Ich werde diese Sätze nie vergessen, denn mit ihnen begann der Albtraum dieser Nacht.
Es klingelte und gleich darauf nochmal. Als ob jemand ungeduldig ist oder gehetzt. Frau Karst wollte öffnen. Aber ich sagte: «Lass nur, ich bin näher dran.»
Ich legte also den Band Mark Twain mit der Seite, die ich gerade vorgelesen hatte, auf den Fußboden und ging durch den Flur zur Haustür: Hinter der Scheibe erkannte ich Susans Gesicht. Später habe ich mir eingebildet, sie habe angstvoll dreingeblickt. Schon möglich, obwohl Susan eine Schülerin ist, die immer fröhlich wirkt. Keine gute Schülerin, aber eine heitere. So etwas ist manchmal eine Wohltat. Aber draußen wurde es schon dunkel und ich kann ihr Gesicht so genau gar nicht gesehen haben.
Ich öffnete. Susan wurde hereingestoßen, fiel fast hin. Hinterdrein trottete Nemed Gürzil wie ein begossener Pudel. Nein, das ist nicht der richtige Ausdruck. In diesem Augenblick wirkte er wie ein gebeutelter Sack. Er ließ den Kopf hängen und die Arme und taumelte mehr, als dass er ging. Ich wollte ihn fragen: Was hast du denn? Ist was passiert?, als jemand mich wegstieß, mich mit beiden Armen gegen die Wand drückte, festhielt und mich anherrschte: «Schnauze, alter Sack!»
Der junge Kerl, der mich da angeraunzt hatte, war mir ziemlich nahe gekommen. Sein Atem roch widerlich nach Bier und Rauch:
«Immer sachte, Ballermann», hörte ich einen anderen sagen. «Lass ihn los.»
Aber er hielt mich weiter an die Wand gepresst.
Vom Essraum fragte Frau Karst: «Was geht eigentlich da draußen vor?»
Jetzt gaben die Arme mich frei. Ich machte ein paar Schritte, fast wie im Traum, und stand im Rücken der Ein-

dringlinge, die schon bis in den Esssaal gekommen waren.
Drei junge Burschen, alle um die achtzehn, recht kräftig und wegen ihrer kahl geschorenen Schädel von hinten kaum voneinander zu unterscheiden, hatten sich unmittelbar vor der Stelle aufgebaut, an der ich vorhin beim Vorlesen gesessen hatte.
Hinter diesen dreien, die wie eine Wache wirkten, stand einer, der viel kleiner war, erstaunlich klein. Er trug einen langen Ledermantel. Auf den ersten Blick prägte sich mir ein, dass er eine modische Frisur hatte, kurz, mit Mittelscheitel. Man könnte ihn für einen Verkäufer aus einem Modehaus halten, ging es mir durch den Kopf, oder für einen jungen Bankangestellten, der Karriere machen will.
Nahe bei mir aber hielt sich immer noch der auf, den einer «Ballermann» genannt hatte. Er war auch kahl geschoren, steckte von Kopf bis Fuß in schwarzem Lederzeug und trug um den Hals mehrere Metallketten. An einer von ihnen hing ein Eisernes Kreuz. Seine Kinnladen bewegten sich Kaugummi malmend.
«Achtung», rief einer der drei, die vorn standen, und Ballermann langte in seine Hosentasche. Ich konnte sehen, dass er einen Schlagring übergestreift hatte.
Was ist das nur für eine Bande? Was wollen die? Was soll ich tun? Was kann ich tun?, fuhr es mir durch den Kopf.
Unsere Schüler waren aufgesprungen und schauten halb neugierig, halb ängstlich zu den Eindringlingen.
Frau Karst war auch aufgestanden und hatte sich ein Stück zur Tür hin bewegt. Sie hatte wohl vor, schützend ihre Arme um Susan und Nemed zu legen.
«Finger weg», hörte ich einen der Kerle rufen.

Er stieß sie so heftig weg, dass sie hinfiel. Zuerst landete sie auf ihrem Hinterteil, streckte die Arme und Beine hilflos strampelnd in die Luft. Dann streckte sie ihre Arme nach vorn, war nun auf allen vieren und gerade im Begriff, sich aufzurichten, als einer, der wie der Anführer wirkte, befahl: «So bleibst du!»
Er wollte näher an sie herantreten. Dabei war ihm das Buch im Weg, das immer noch auf dem Boden lag. Er trat mit dem Fuß dagegen. Es wirbelte in hohem Bogen durch die Luft und fiel dann irgendwo klatschend zu Boden.
Ich war wie gelähmt.
Es war eine Szene, die eine erschreckende Rücksichtslosigkeit offenbarte.
Ich hatte von Skins und Rockern gehört, auch von ihrem Verhalten und von ihren Gewalttätigkeiten. Bei meinen Wegen durch Kreuzberg war ich jungen Männern dieser Art nach Möglichkeit aus dem Weg gegangen. Dem Gerede nach traute ich ihnen einiges zu. Aber so kaltschnäuzig, rücksichtslos und zerstörungslustig hatte ich sie mir nicht vorgestellt.
«He», hörte ich mich rufen und wurde mir gleich darauf bewusst, dass ich mich mit einer solchen Bemerkung nur lächerlich machen würde, «so ein Buch kostet Geld!»
Meinen Ausruf nahmen sie überhaupt nicht zur Kenntnis. Ihre Aufmerksamkeit war jetzt voll und ganz auf meine auf allen vieren auf dem Boden kauernde Kollegin gerichtet.
Ich muss sagen, ich bewunderte Frau Karsts Selbstvertrauen.
Sie stand auf, zog an ihren Kleidern und rief: «Verlassen Sie sofort dieses Haus. Das ist Hausfriedensbruch. Wenn Sie nicht auf der Stelle verschwinden, rufe ich die Polizei.»

«Bitte», sagte der, den ich für den Anführer hielt, höhnisch, «tu dir keinen Zwang an, Muttchen.»
Dann sah er sich prüfend unter unseren Schülerinnen und Schülern um, blieb vor der harmlos-artigen Christel Neubarth stehen, strich ihr mit der Hand über die Wange und sagte: «Nun, Mädchen, wo ist denn das Telefon?»
Christel sagte leise: «Es gibt kein Telefon im Haus.»
Margot, das Mädchen, das neben ihr stand, warf ihr einen missbilligenden Blick zu.
«Lass mal», sagte der Skinhead geradezu freundlich, «du hast nix verraten. Wenn ihr Telefon im Haus gehabt hättet, wären die beiden hier ja wohl kaum auswärts telefonieren gegangen.»
Ich war immer noch wie gelähmt.
Irgendwann begegnete mein Blick dem von Nemed und Nemeds Blick schien zu sagen: Nun tun Sie doch mal was, Herr Naumann!
Ich versuchte ihm zu signalisieren, dass ich Widerstand im Augenblick für völlig sinnlos hielt.
«He ... nicht blinzeln», herrschte mich der hoch aufgeschossene Dürre mit dem auffälligen Adamsapfel an. «Soll ich ihm mal 'ne Abreibung geben, Rocky?», fragte er den Anführer, der sich wieder auf Frau Karst zu bewegte.
«Noch nicht, Stuka. Mit dem will ich mich erst noch unterhalten. Und dann habe ich noch was ganz Besonderes mit ihm vor. Ballermann, sorg du mal für ein bisschen Kleinholz.»
Ballermann, das war derjenige, der mich gleich zu Anfang gegen die Wand gepresst hatte.
Er sah sich um. Sein Blick fiel auf die Stühle an der Wand neben der Tür, die wir, um Platz zu bekommen, dort hingerückt hatten. Ein beängstigend lustvolles Grinsen kam in Ballermanns Gesicht auf. Dann nahm er einen Stuhl,

schlug ihn gegen den Türrahmen, dass er krachend zersprang, hieb dann noch ein paar Mal die abgebrochenen Teile gegen die Wand und verteilte drei Stuhlbeine an die anderen Burschen der Gruppe. Nur dem Kleinen in dem Ledermantel gab er keinen.

«So», sagte Rocky, «nun wollen wir erst mal einiges klarstellen. Uns gefällt es hier bei euch ausnehmend gut. Richtig gemütlich habt ihr's hier. Wir können gut miteinander auskommen, wenn ihr artig und nett immer genau das tut, was wir euch befehlen. Aber wir können auch anders. Wir können euch auch 'nen richtigen kleinen Wirbelsturm bieten. Und ob danach noch alle Nasenbeine und Rippen heil sind, dafür kann ich keine Garantie übernehmen. Also üben wir's gleich mal mit eurer Lehrerin. Na los, Muttchen, wieder runter auf alle viere und ‹Miau› gemacht.»

Er brauchte das Stuhlbein gar nicht zu heben, das er in der Hand hielt. Niemand hatte Zweifel, dass er damit zuschlagen würde, und ich fand, es war das einzig Vernünftige, dass Frau Karst seiner Aufforderung Folge leistete, sich auf alle viere herabließ und diese lächerlichen Katzenlaute von sich gab. Dass keiner von den Schülerinnen und Schülern lachte, sondern alle nur wie vom Blitzschlag getroffen dastanden, schien Rocky nicht zu gefallen. Er wandte sich, immer noch das Stuhlbein in der Hand, zu mir um und rief: «He, du Wichser ... du machst jetzt den Hund zu der Katze!»

Ich ging mit weichen Knien hinüber und kauerte mich neben Frau Karst.

Wieder war es kein Lacherfolg, und ich begann, mir auf meine Schüler etwas einzubilden.

«Ich höre kein Bellen», rief Rocky und hob das Stück Holz in seiner Hand.

Von dem Augenblick an, in dem mir klar geworden war,

dass es sich um einen Überfall handelte, hatte ich ungefähr die folgende Überlegung angestellt: Wir beiden Lehrer hatten die Verantwortung für unsere Schülerinnen und Schüler. Ehe am Morgen der Hausmeister wieder hereinschaute, waren wir dieser Bande ohne Aussicht auf Hilfe ausgeliefert. Es sei denn, es wurde ihnen zu langweilig und sie zogen freiwillig wieder ab. Wir mussten unbedingt alles unterlassen, was sie provozierte. Wir mussten alles tun, um eine Eskalation der Ereignisse zu vermeiden.
Befürchtungen hatte ich wegen meiner Kollegin. Ihr traute ich zu, dass sie sich widersetzen würde. Frau Karst ist Anfang fünfzig, Mutter dreier erwachsener Kinder. Sie unterrichtet in dieser Klasse Englisch und Kunst. Immer, auch in der Schule, ist sie sehr elegant gekleidet. Im Kollegium gilt sie als energisch und selbstbewusst. Und was die Schüler angeht, gilt sie als sehr fürsorglich, weiß aber auch, wann sie Nein sagen muss. Und wenn sie Nein sagt, bleibt sie dabei.
«Ich höre kein Bellen», herrschte mich Rocky wieder an.
Und es war merkwürdig: Ich konnte mich jetzt nicht in die Rolle des gehorsamen Sklaven fügen. Ohne dass ich deswegen gleich die zu Anfang zurechtgelegte Taktik verworfen hätte, riet mir doch etwas, einmal zu probieren, wie stark die andere Seite war.
Ich bellte nicht.
«Ballermann», rief Rocky. «Pediküre!»
Ballermann kam und trat mir zwei-, dreimal auf die Fingerspitzen. Der Schmerz ging durch Mark und Bein, aber es gelang mir, meine Reaktion auf einen unterdrückten Schmerzenslaut zu beschränken.
«Fürs Erste reicht's», sagte Rocky, «ich habe noch was anderes mit ihm vor.»
Das erwähnte er nun schon zum zweiten Mal, und natür-

lich fragte ich mich, ziemlich unbehaglich, was es wohl sein mochte.
Der Schmerz hielt immer noch an. Er blieb für ein paar Momente gleichmäßig und stachelte eine Wut in mir an, die langsam in mir gewachsen war. Es schien mir jetzt nicht mehr aussichtslos, meine Schülerinnen und Schüler zum Widerstand zu mobilisieren. Die anderen waren fünf. Wir waren zwei Erwachsene und über zwanzig Kinder. Kinder können wie die Kletten sein und so zarte Pflänzchen sind meine Schülerinnen und Schüler nun wirklich nicht. Kreuzberg, woher sie kommen, ist ein hartes Pflaster, wo man sich auf dem Schulweg, auf dem Bolzplatz und auf den Straßen seiner Haut zu wehren lernt.
Aber während der Schmerz langsam nachließ, versickerte auch die Wut, und die Überlegung gewann in mir wieder die Oberhand. Nein, ein Versuch, die Skins zu überwältigen, war zu riskant. Ich war fest davon überzeugt, dass die Schüler uns gefolgt wären, hätten wir beiden Lehrer sie dazu aufgefordert. Aber wir hätten eine Schlägerei riskiert, mit Verletzungen, wenn nicht mit Schlimmerem.
«Ich warte immer noch auf dein Bellen, du Schleimer», sagte Rocky verächtlich.
Ich sah auf, schaute ihm ins Gesicht. Das war ihm unangenehm. Ich sagte: «Warum macht ihr das?»
«Weil das eine Scheißwelt ist und es uns Spaß macht, du Promenadenmischung!»
«Hört mal», sagte Frau Karst ebenfalls aufblickend, «warum lasst ihr die Kinder nicht gehen?»
«Wir bleiben bei Ihnen», rief von irgendwo eine piepsige Mädchenstimme.
«Die Kinder brauchen wir auch noch für den Spaß», hörte ich einen der anderen Skins lachend sagen.
Und Ballermann, der mit wiegenden Schritten auf und ab

ging, knurrte: «Miauen und bellen. Gleich ist meine Geduld zu Ende. Und ich pediküre auch noch das Muttchen ...»
Da miauten und bellten wir – gleichzeitig.
Es war gespenstisch.
Das heißt: Es kam mir selbst einfach unwirklich vor. Wenn mir eine halbe Stunde zuvor jemand gesagt hätte, ich würde mich derart erniedrigen, ich hätte ihn ausgelacht.
Aber mir blieb keine Zeit, lange nachzudenken. Rocky befahl: «Aufstehen!» Und als wir standen, fragte er: «Wo kommt ihr eigentlich her?»
«Aus Berlin ...»
«Bezirk?»
«Kreuzberg.»
«Auch noch Wessis», sagte maulend der, den sie mit Stuka angeredet hatten.
«Und was habt ihr hier zu suchen?», setzte Rocky das Verhör fort.
«Eine Klassenfahrt», sagte Frau Karst.
«Wer is'n Ausländer?»
Zum ersten Mal hatte der Kleinwüchsige mit dem schwarzen Ledermantel den Mund aufgetan. Er stand gegen den Türpfosten zum Flur gelehnt und hatte ein Notizbuch hervorgeholt. Er schien sich irgendwie von den anderen zu unterscheiden. Nicht nur durch seine Frisur.
Niemand rührte sich.
«Nun macht schon», sagte Stuka und ging durch die in lockeren Gruppen dastehenden verängstigten Schüler, dabei klopfte er sich mit dem Stuhlbein auf seine Hosen.
Plötzlich blieb er stehen, zündete sich eine Zigarette an und brachte das noch brennende Feuerzeug ziemlich nahe an das Nasenloch von Peter Schirmer, einem Schüler, den

man für einen Italiener halten könnte, weil er ziemlich dunkle Haut hat.
«Ich wette, du bist 'n Scheiß-Itaker.»
Peter benahm sich ziemlich heroisch. Er versuchte, keine Miene zu verziehen, und schüttelte nur den Kopf.
Die Flamme kam näher.
Da sprang Frau Karst mit einer Gewandtheit hinzu, die mich erstaunte, und schlug Stuka auf den Arm.
Das Feuerzeug fiel zu Boden und die Flamme erlosch.
Ich sah, wie in Rockys Gesicht ein breites Grinsen aufkam.
«Muss immer vorpreschen, der Stuka», sagte er tadelnd, «immer so ungeduldig. Kann's nie abwarten.»
Die beiden schienen nicht unbedingt Freunde zu sein.
«Klaub dein Feuerzeug auf.»
«Sie soll es aufheben.»
«Du, hab ich gesagt», beharrte Rocky.
Jetzt gehorchte Stuka.
«Und im Übrigen», sagte Rocky mit einer widerlichen Selbstherrlichkeit, «verfährt man bei einer richtigen Selektion ganz anders.»
«Selektion ... was is 'n das?», erkundigte sich Stuka.
«Die Kanaken rausfinden», sagte Rocky. «Also, alle mal herhören. Wir haben nichts gegen Deutsche, sofern es gute Deutsche sind, wozu ich Wessis nur sehr bedingt zähle ... die müssten eigentlich ‹Plattmacher› heißen und alle selbst unter 'ne Straßenwalze gepackt werden. Wer sich aber wie ein anständiger Deutscher benimmt, hat von uns nichts zu befürchten. Also nennt uns die Kanaken in der Klasse und euch andere lassen wir abhauen.»
«Ich bin 'ne Kanakin», sagte Frau Karst rasch.
«Und ich 'n Kanake», sagte ich und stellte mich Rücken an Rücken mit ihr.

Als Erste kam Ayşe und trat zu uns, dann Abu, Sirill, Antonio und Kamil, und als sie sahen, wie verblüfft Rocky und Stuka immer noch waren, kamen auch ein paar deutsche Kinder.
Es war offensichtlich für die Skins, dass nicht nur Ausländer bei uns standen.
«Ha», rief Stuka schadenfroh. «Und was machst du nun, Rocky?»
«Wenn ihr uns hier ölen wollt – wir können auch anders», rief der. «Los, in Dreierreihen aufstellen. Aber 'n bisschen dalli. Ich werde euch schleifen, bis euch das Wasser im Arsch kocht. Kniebeuge ... und laut zählen dabei. Der Wichser und das Muttchen auch. Los, los und nicht mogeln dabei ... bis ganz runter ... und mit den Fingerspitzen den Boden berühren.» Ich war vielleicht vierzigmal in die Knie gegangen, da kommandierte Rocky: «Halt!» Er ging eine Weile, das Stuhlbein immer noch in der Hand, auf und ab. Unerwartet blieb er vor mir stehen und fragte: «Wie viel Schüler hast du in der Klasse?»
Es hatte keinen Zweck, darauf nicht zu antworten.
«Fünfundzwanzig», sagte ich.
«Mal durchzählen.» Man kam nur auf dreiundzwanzig.
«Und die zwei andren?», fragte Rocky.
«Krank», sagte Frau Karst, ehe ich den Mund auftun konnte.
«Wo?», fragte Stuka und trat ganz nahe an sie heran.
«Oben in ihren Schlafräumen.»
«Krank gibt's nicht. Du gehst sie runterholen, Franse», befahl Rocky. «Sag ihnen, das sei Appell.»
Dieser Franse setzte sich in Bewegung. Die Treppe führte draußen vom Vorraum aus in den ersten Stock. Ein paar Augenblicke später standen die beiden Jungen im Pyjama und noch schlaftrunken unter uns mit angetreten.

Rocky ging großspurig durch die drei Reihen und tippte hin und wieder mit dem Finger einem der Mädchen oder Jungen auf die Brust.
Dann baute er sich wieder vor uns auf und befahl: «So, die ich angetippt habe, vortreten.»
Er hatte sich keineswegs nur die Ausländer ausgesucht.
«Mich täuscht da niemand», brüstete er sich gegenüber Stuka in einem Tonfall, als empfehle er ihm, sich ein Beispiel daran zu nehmen. «Ich gehe ganz dicht an ihnen vorbei, und wer nach Knoblauch riecht, wird selektiert. Jeder Ausländer riecht anders, aber am sichersten, wenn du dich noch nicht so genau auskennst, ist der Knoblauchdunst.»
Ich drehte mich kurz um, weil in der Reihe hinter mir aufgeregt geflüstert wurde. Es waren Nemed und Matthias.
Auch Rocky hatte es bemerkt und rief: «Schnauze halten im Glied ... sonst setzt's was.»
Er wandte sich wieder Stuka zu, der offenbar weiter belehrt werden sollte.
«Tja», fuhr Rocky fort, «im Zweifelsfall müssen die Männer die Hosen runterlassen, damit ich sehen kann, wer beschnitten ist und wer nicht.»
«Und die Weiber?»
«Das erzähl ich dir nachher mal ... unter vier Augen», antwortete Rocky mit einer widerlichen Lache.
Da klingelte es.
«Geh und mach auf, der Schlüssel steckt», befahl Rocky Ballermann. «Das wird Glatze mit der Jauche sein.»
«Na endlich was zu trinken», sagte Stuka.
«Wollt ihr euch nun besaufen oder wollen wir Ausländer abklatschen?», fragte Franse.
«Franse, der Abstinenzler», sagte Rocky spöttisch.
«Der Führer hat auch nicht getrunken», erinnerte Franse.

«Das ist der Unterschied zwischen der zweiten und der dritten Revolution», mischte sich der Kleine mit dem Ledermantel ein, der sich abseits hielt.
«Revolution ist doch Scheiße», meinte Stuka, «außer, man macht seine Feinde alle 'nen Kopf kürzer.»
«Ja», sagte Rocky, «dich haben sie bei der letzten vergessen, Franse. Aber bei der nächsten werd ich dafür sorgen, dass das nicht wieder vorkommt.»
Es klingelte wieder. Diesmal ziemlich stürmisch.
«Also macht jetzt jemand auf oder nicht?», sagte Rocky missmutig. «Ich hab schon 'nen ganz trocknen Hals von dem vielen Gerede.»
Einen Moment später stand, mit stürmischem Hallo begrüßt, ein weiterer Glatzkopf auf der Schwelle zum Vorraum. Er schaute etwas starr auf die Szene.
«Das hat aber lange gedauert», maulte Stuka.
«Haben dich wohl für unter sechzehn gehalten.»
«Sind halb verdurstet.»
«Hast wohl im Wald 'ne Puppe vernascht.»
Das riefen sie durcheinander.
«Arme Glatze», sagte der Bierschlepper von sich selbst, «vierzig Dosen Bier. Lose. War 'n Sonderangebot. Gemischte Sorten. Das hängt an, sag ich euch.»
«Ist Bit dabei?», fragte Ballermann. «Bit ist meine Marke. Alles andere kann man vergessen.»
«Gemischte Sorten. Dafür war's billig. Deswegen isses ja auch so viel.»
Glatze stand auf der Schwelle, einen Sack auf dem Rücken wie Nikolaus. Dieses ständige törichte Lächeln. Weit vorstehende Augäpfel. Wulstige Lippen. Der Kopf zu groß. Schwere Knochen. Die Körperbewegungen schlecht koordiniert. Er tat mir Leid. Es war klar, dass ihn die Gruppe nach Strich und Faden ausnutzte. Aber dass auch er zur

Bosheit fähig war, merkte ich im nächsten Moment. Als keine Zustimmung oder Lob kam, nahm er den Sack von der Schulter und schüttete die Bierdosen auf den Fußboden. Sie kollerten über die Dielen, und die Skins sprangen gierig umher, um sich rasch eine zu greifen, sie aufzureißen, einen hastigen Schluck zu tun und dann weiter zu jagen, um möglichst viele Dosen an sich zu bringen. Plötzlich explodierte eine. Das Bier fuhr zischend heraus. Der Strahl traf einem von ihnen ins Gesicht, der prustete und spuckte. Fuhr sich dann mit dem Jackenärmel über die Augen: «Idiot!»
Flüche und Gelächter mischten sich im Raum.
Franse maulte über Bierflecken auf seiner Bomberjacke. Stuka versuchte, eine davonrollende Dose mit dem Fuß zu stoppen. Ballermann grapschte nach drei, vier Dosen, die Franse an sein Hemd gepresst hielt, und rief: «Was willst du denn damit … wo doch der Führer nicht trinkt.»
Rocky hatte uns den Rücken zugekehrt. Er reihte die Dosen, die er aufgehoben hatte, auf dem Fensterbrett auf. Das Durcheinander war vollkommen, weil sich auch einige unserer Schüler an der Jagd nach den Dosen beteiligten, aber von den Skins beiseite geschubst wurden.
Und plötzlich, ich glaubte meinen Augen nicht zu trauen, entschwand da eine schmale Handtuchgestalt in Richtung Tür, hinaus auf den Flur und dann, was weiß ich, wohin.
Es war wie ein zwischen den Leibern der anderen dahinwischender Schatten.
Hatte ich mich getäuscht?
Aber es war auch schon jemand anderem aufgefallen.
«Da!», brüllte Rocky im Umdrehen los. «Blödes verscffenes Pack! Da haut einer ab. Los, Ballermann, Franse, Glatze. Hinterher! Holt ihn zurück. Es ist doch nicht zu fassen.»

Dann wandte sich Rocky an den Kleinen im Ledermantel: «Das ist eine Truppe ... was, Goebbels?», sagte er wie zur Entschuldigung.
Rocky schien beschämt.
«Üben», sagte Goebbels spöttisch, «viel üben.»
Dazu machte er ein Gesicht, als ginge ihn das alles nichts an und als stünde er über den Dingen.
«Eindeutiger Mangel an Disziplin», sagte er, schrieb etwas in sein Notizbuch und klappte es dann betont zu.
Ich wandte mich rasch an Frau Karst. «Was sollen wir machen?», fragte ich ängstlich. Ich spürte, dass ich immer noch weiche Knie hatte.
«Gewalt verhindern», kam ihre Antwort, «sie hinhalten ... vielleicht kommt Matthias durch und holt Hilfe.»
Matthias, dachte ich, ausgerechnet Matthias, das Großmaul der Klasse. Was mochte ihn bewogen haben, es zu versuchen?
«He, Muttchen», raunzte Rocky sie sofort an, «hier wird nur geredet, wenn ich es befehle. Verstanden?»
Rocky stampfte eine Weile schweigend auf und ab, und ich beobachtete, wie Glatze jede seiner Bewegungen bewundernd verfolgte.
Plötzlich blieb Rocky stehen und wandte sich mir zu. «Wenn jemand in der Klasse bei dir nicht gehorcht, Wichser ... was gibt es da bei euch so für Strafen?»
«Ich heiße Thomas», sagte ich, «aber woher sollst du das wissen.»
Er wurde einen Augenblick unsicher. Dann hatte er sich wieder in der Gewalt. «Und der Junge, der abgehauen ist, wie heißt der?», fragte er lauernd.
«*Niemand*», sagte ich tonlos, ohne dabei mit der Wimper zu zucken.
«Wenn du glaubst, du kannst mich verarschen, du ...»,

schnarrte er und suchte nach einer Beleidigung, «du Schlipsträger!»
Ziemlich unerwartet fuhr seine Faust vor und traf mich in den Bauch.
«Noch jemand ohne Fahrschein?», hörte ich ihn ausrufen, während ich zusammensackte.

Matthias Schröder

Schüler der R 7:

Das Leben ist viel komplizierter, als die meisten Leute so meinen. Ich würde sogar sagen, die meisten Leute haben nicht die geringste Ahnung, wie kompliziert es tatsächlich ist. Schauen da einfach nicht durch. Leben so dahin und sind ganz zufrieden dabei.
Nehmen Sie nur mal die Tatsache, warum ich fortgerannt bin und wie. Die einen haben bestimmt gedacht: Das ist wieder mal die reine Angabe bei Matt. Hätte ja auch sein können. Ich gebe sonst wirklich viel an. Andere aus der Klasse haben später gemeint, sie müssten 'nen verdammten Helden aus mir machen. So mit «die Gemeinschaft retten» und «einer für alle, alle für einen». Ich sehe ziemlich viel Glotze, wenn ich zu Hause bin und auf meine Mutter warte. Entweder kommt sie spät aus dem Büro, oder sie hat wieder mal so 'nen Scheich aufgerissen und ist mit ihm essen gegangen. Ehe sie nicht da ist, mag ich nicht ins Bett gehen, sonst krieg ich Angst ... Aber was red ich da. Ich wollte ja über gewisse Filme in der Glotze meine Kritik ablassen.
Es gibt so eine bestimmte Zeit, da müssen die Amerikaner nur Filme gedreht haben, in denen sich immer einer opfert, und sei es für seine Kumpel in der Mafia. Wenn ich die sehe, kommt mir einfach das Lachen, innerlich, auch wenn ich äußerlich heule wie ein Schlosshund über das arme

Schwein, das da hat ins Gras beißen müssen. Denn so ist ja das Leben nicht. Man wünscht sich nur, dass es so wäre.
Und da haben wir's: Auch bei mir war es viel komplizierter, als die meisten aus meiner Klasse sich das vorgestellt haben. Ich lasse jeden gern bei seinem Glauben. Aber, wenn ich ehrlich sein soll: Abgehauen bin ich, weil ich mich mit Nemed in den Haaren hatte. Nemed flüsterte: «Bei so 'ner Bande, da kann man nichts machen.» Und ich flüsterte zurück: «Doch.» Und er sagt: «Merkst du nicht, wie es Naumann spielt? Schnauze, und sie hinhalten. Mach bloß nicht den Helden! Das bringt nix, außer ein Messer zwischen die Rippen, und dann flennt Susan zwei Wochen.»
Sehen Sie: Schon verändert sich wieder alles. Eigentlich war nämlich der springende Punkt Susan. *Scherscheh la famm* oder so ähnlich. Das hab ich von diesem Anwalt meiner Mutter. Meine Mutter ist Innenarchitektin. Sie hat zusammen mit einer anderen Frau ein eigenes Büro aufgemacht. Vor einem Jahr hat dieser Typ von Anwalt, Mehlert hieß er, sie häufig beraten im Krieg gegen meinen Vater.
Damals ging's darum, möglichst viel Geld aus meinem Alten rauszuholen bei der Scheidung. Ich bin sicher, dass meine Mutter mit diesem Mehlert was hatte. Denn er war mal eine ganze *Saturdaynight* über bei uns in der Wohnung. Und wo denn anders als im Bett meiner Mutter? Ich meine, ich bin nicht nachsehen gegangen. Ich habe großzügig darauf verzichtet, meiner Mutter einen Gutenachtkuss zu geben, wie sonst immer. Ich lasse jedem seine Intimsphäre!
Aber die Vorstellung, dass dieser Rechtsverdreher mit meiner Mutter in einem Bett schläft, hat mich traurig und eifersüchtig gemacht. Ich mochte den Typ nicht. Er war nämlich, ehe das mit meiner Mutter und ihm anfing, angeblich ein Freund meines Vaters. Nach dieser *Saturdaynight* bei mei-

ner Mutter im Bett hat er mit uns am Sonntagmorgen gefrühstückt, und ebenda haben sie drüber geredet, wie viel meine Mutter verlangen könnte von meinem Alten.
Meine Mutter hat über dem Honigbrötchen immer den Kopf geschüttelt und gemurmelt: «Du, da is nichts. Es ist einfach so eine Art von Ermüdungserscheinung bei uns.» Dieser Mehlert aber hat beharrt: *«Scherscheh la famm.»* Er hat das so oft wiederholt, dass es sich bei mir in die Hirnrinde oder sonst wo da oben eingegraben hat. Und es soll wohl so viel heißen wie, dass es immer um die Frauen geht. Und wenn man bei einem rauskriegt, was er mit anderen Frauen hat, ist er dran und muss blechen.
Entschuldigen Sie die Abschweifung, aber wenn ich Ihnen erzählen soll, wie kompliziert tatsächlich alles ist, werden Sie so was ab und zu in Kauf nehmen müssen. Also: Nemed und ich sind beide in Susan verknallt. Korrekt: Ich habe keine Chance, werde auch nie und nimmer eine haben, denn sie findet Nemed schön. Nicht nett, nein, schön. Ist er ja auch. Sieht nicht aus wie jeder.
Was das Aussehen angeht, bin ich, verglichen mit Nemed, einfach ein Nichts. Nehmen Sie nur mal das: Ich habe Akne und Nemed hat 'ne völlig reine Haut. Wie er das schafft, ist mir unklar. Vielleicht, weil er kein Fleisch isst. Ich sag: Iss doch mal Hammel. Das darfst du doch als Türke. Aber er rührt kein Fleisch an. Ich bin lächerlich blond, strohblond nennen das manche Leute, und er hat schwarze Locken. Also, Zusammenfassung: Gegen ihn bin ich ein Nichts.
Aber ein bisschen mag Susan mich Nichts auch. Nemed behauptet, sie rede nur aus Mitleid mit mir. Weil ich so ein armer Teufel sei, nur 'ne Mutter hätte und keinen Vater – oder mein Vater nichts mit mir zu tun haben will. Nach Möglichkeit. Darüber später noch. Leichtsinnigerweise habe ich Susan mal davon erzählt, als sie mit mir ins Kino

gegangen ist. Zum Abschied ist sie mit der Hand über meine Wange gefahren und hat gesagt: «Armer Kerl.»
Sie fragen sich jetzt vielleicht wegen der Bemerkung eben, was an meinem Alten so mies ist. Och, eigentlich ist er ganz in Ordnung, hat 'nen guten Job, klotzig Geld, fährt 'nen dicken Wagen. Er ist Rechtsanwalt und Notar. Er beurkundet die Grundstückskäufe im Land Brandenburg. Hat er mir mal erzählt, als er mit mir essen war. An dem Tag hatte er geradezu Geld gescheffelt. Er hatte so 'n Millionending zu beurkunden. Na, und da kommt durch die Prozente ganz nett was zusammen. Beim Abschied hat er mir 'nen großen Schein zugesteckt und gesagt: «Kauf dir 'n Eis dafür oder 'ne Cola.» Das ist so seine Art von Humor.
Aber seit ein paar Monaten will er nichts mehr mit mir zu tun haben. Er sagt: Männer, die nicht zusammenhalten, seien nichts wert. Also, weil ich bei Ma bin und nicht zu ihm gezogen, obwohl er mir doch alles geboten hätte, was es so zu bieten gibt – eigenes Badezimmer, Fernseher mit Video und verkabelt, Hifi-Turm, ein neues Fahrrad –, ist er mit mir fertig. Einmal im Monat darf, ja, soll er mich haben, damit wir uns nicht entfremden. So steht es im Gerichtsurteil. Ma hat's mir zu lesen gegeben. Aber neulich geh ich zu ihm: Da drückt er mir wieder hundert Mark in die Hand und sagt: «Hier, mach dir 'n schönes Wochenende. Ciao!»
Draußen auf der Straße habe ich dieses Lied gepfiffen:

Das ist doch ätzend,
das ist doch widerlich.
Da kriegste Ranzenblitzen*,
nein, das vertrag ich nicht.

* Ranzenblitzen: Dialektausdruck für Bauchschmerzen mit Blähungen.

Das war ein Trost. Ich wette, er hatte seine Freundin zu Besuch. Die fliegt manchmal aus Frankfurt ein, übers Wochenende. Ich meine: Er hätte doch sagen können: Sieh mal, Sohn, ich habe Damenbesuch. Wir sehen uns auch nur alle vier Wochen am Wochenende. Nimm mir's nicht übel. Aber ich kann mich heut nicht um dich kümmern. Hätte ich doch verstanden. Aber nein, er kauft sich frei. Beschissen nenn ich das. Wirklich ätzend.

Ich war fertig wie nix. Die hundert Mark habe ich einem Bettler in den Hut geworfen. So einem mit zwei Schäferhunden. Wenn man bedenkt, was man bei zwei Hunden allein für das Futter braucht ... Der Bettler war eigentlich blind. Aber als er sah, was ihm da in seinen Hut wehte, ist er sofort sehend geworden. Mir ist eingefallen: Vielleicht lassen sich die Wunder im Neuen Testament auch so erklären. Darüber denke ich nämlich häufig nach: Wie hat dieser Jesus nur diese Wunder vollbracht?

Als ich heil raus war aus dem Hotel, habe ich tatsächlich einmal im Stillen gesagt: Jesus, tu ein Wunder, und lass mich jemand finden, der mitkommt und die Skinheads vertreibt.

Ich schweife schon wieder ab. Ich war ja noch bei dem frei gekauften Wochenende meines Alten.

Ma konnte ich davon nichts sagen. Die wäre ausgeflippt und hätte trotz des Geschiedenseins sofort wieder Krieg angefangen mit ihm. Und ich frage Sie: Was bringt das? Aber ich musste es mal loswerden, sonst hätte ich womöglich davon noch einen Kropf gekriegt. Also habe ich bei Susan damit angefangen. Weil ich weiß: Ihr Alter, das ist auch ein Problemfall. Und es tat mir ganz gut, mal ein bisschen bemitleidet zu werden.

Na, dass ich mit ihr ins Kino bin, war nicht ganz in Ordnung. Nemed betrachtet sie, glaube ich, als sein Mädchen,

und wenn sie tatsächlich *sein* Mädchen ist, kann sie natürlich auch nicht mit mir ins Kino gehen, sonst ist sie eben nicht sein Mädchen. Ist das klar? Kompliziert, was? Sag ich ja. Sie ist aber mit mir gegangen. Und über die Wange gefahren mit der Hand ist sie mir auch. Geschworen ohne Ableitung. Nemed dagegen sagt, daran sei kein Wort wahr. Das sei mal wieder eine von meinen Angebereien.
Geschenkt – ja, ich geb viel an: dass ich fünfhundert Mark Taschengeld kriege. (Es sind in Wirklichkeit hundert.) Dass mein Alter einen grauen Jaguar fährt (ist ein BMW). Dass er mir eine Harley Davidson versprochen hat, sobald ich den Motorradführerschein machen kann. (Er hat gesagt: ein Motorrad. Und jetzt gilt das wohl nicht mehr.) Dass ich an eine Brandmauer gegenüber der U-Bahn, die dort über der Erde auf Stelzen fährt, eigenhändig gesprüht habe: WIR SIND ALLE AUSLÄNDER!
Richtig, das hat man alles aus meinem Mund gehört. Ich geb's zu: Das sind so Träume. So wie ich gern wäre, aber nie sein werde. Wahr ist, dass ich nur Schmiere gestanden habe, aber die Polizei hat uns alle erwischt. Meine Mutter musste mich nachts um drei auf dem Revier abholen und die Verhandlung steht noch aus.
Also, wenn Nemed wüsste, was an diesem Nachmittag geschehen ist, als wir vor Susans Haustür standen, würde er sich wie das Rumpelstilzchen im Märchen mittendurch in zwei Stücke reißen. Ich wollte gehen. Hab nichts versucht. Plötzlich nimmt Susan meinen Kopf zwischen ihre Hände und gibt mir 'nen Kuss. So mir nichts, dir nichts. Wirklich. Und auch noch auf den Mund. Ich denk, ich flippe aus. Küsst mich mindestens vierzig Sekunden. Probieren Sie das mal aus. Ich meine, was so ein Vierzigsekundenkuss in einem anrichtet. Aber danach sagt sie: «Wenn das Nemed erfährt, bring ich dich um. Hast du verstanden?» – «Nie»,

schwör ich, noch ganz benommen, «Ehrenwort.» Und fort ist sie.
Also, daran hatte ich vierzehn Tage zu träumen. Doch ich habe brav meinen Mund gehalten und werd's auch in Zukunft tun. Denn ich weiß schon, und ich seh dem ins Auge: Mit Nemed ist es Liebe und bei mir Mitleid mit nur 'nem Schuss Liebe drin. So wie 'ne Cola, in die man 'nen Schuss Rum kippt.
Nun laber ich hier schon die ganze Zeit rum, und Sie wissen immer noch nicht, warum ich abgehauen bin. Das Entscheidende war: Susan stand unmittelbar hinter uns und konnte unser Streitgespräch mit anhören. Da hab ich so 'nen Anfall von Ehrgeiz gekriegt und zu mir gesagt: Matt, hier ist die Chance deiner jungen Tage. Wenn du das schaffst, jetzt Hilfe zu holen, ist es durchaus denkbar, dass sich das Verhältnis von Rum und Cola im Glas umkehrt. Also sagen wir mal: Drei Viertel wären dann Rum und ein Viertel Cola. Starkes Gesöff.
Ich bin also da raus. Und es hat tatsächlich auch geklappt, so im Slalom durch alle hindurch, ehe sie merken, was abläuft. Hinterher habe ich mir mal vorgestellt, was da wohl abgegangen wäre, wenn die Skins mich zu fassen gekriegt hätten. Davon träume ich heute noch in schlechten Nächten. Tatsächlich aber kam ich unbehelligt bis vor die Haustür. Und hier aktivierte ich meine brachliegenden grauen Zellen, jene, von denen Naumann es nie unterlässt zu predigen, wenn er uns das Aufsatzthema an die Tafel geschrieben hat. Meine grauen Zellen funkten in diesem Augenblick: Wenn du jetzt weiterrennst, haben sie dich bald eingeholt. Zwangsläufig. Versteck dich erst mal hier in der Nähe.
Nun muss man wissen: Vom Vorgarten her führen zur Haustür hinauf sechs oder sieben Stufen, und unter diesen

Stufen ist ein Raum, in dem Holz liegt und die Gartengeräte untergestellt sind. Mich haben sie nämlich gleich am Tag unserer Ankunft zum Holztragen für den Kamin angestellt. Da hat es stundenlang geregnet und das Kaminfeuer war eine gute Sache. Ich also unten um das Mauergeländer herum und da reingeflutscht.
Ich hatte Glück. Die drei Typen, die der Ober-Skinhead mir nachgejagt hatte, rannten geradeaus, Richtung Straße und Wald. Sie müssen da wohl 'ne ganze Weile gesucht haben. Mein Herz schlug schon wieder in normaler Klopfzahl, oder wie man da sagt. Mir wurde es langweilig in meinem Versteck, und gerade wollte ich raus, da hörte ich ihre Stimmen.
Sie hatten die Suche aufgegeben und kamen schimpfend zurück. Der eine behauptete, er würde mir ... ich weiß nicht was ... schleifen, ich verstand's einfach nicht. Ein anderer versprach, mir alle Knochen im Leib zu brechen. Es war nicht sehr angenehm, sie nur ein paar Meter von mir entfernt das schwören zu hören. Ich sagte mir zwar: Sehr unwahrscheinlich, dass sie dieses Gelass unter der Treppe kennen. Aber sicher war ich nicht. Ich hielt den Atem an und wartete. Erstaunlich, wie lange eine Minute sein kann, wenn man darauf wartet, dass sie herumgeht.
Kaum war oben die Tür zugefallen, machte ich mich davon. Das Hotel, wo wir wohnten, lag ziemlich abseits. Ich lief einfach mal geradeaus und kam an eine große Straße, mit einer langen Reihe Peitschenlampen auf beiden Seiten und dahinter vierstöckigen Wohnhäusern. Überall brannte Licht, aber auf die Idee, irgendwo zu klingeln, bin ich nicht gekommen. Ich wollte ein Auto anhalten. Ich stellte mich also an den Straßenrand und winkte, aber die wenigen Wagen, die noch unterwegs waren, zischten alle vorbei.

Ich war immer noch ziemlich nahe am Hotel, und der Gedanke, dass die Skins noch einmal einen Suchtrupp losschicken würden, hexte mir Läuse in den Magen. Also ging ich wieder geradeaus und kam in den Stadtwald. Inzwischen war es völlig dunkel, aber es war eine schöne Nacht, nicht kalt. So 'ne richtige Sommernacht, könnte man sagen. Diese großen Bäume mit ihren Blättern versperrten den Blick zum Himmel. Ich sah da mal hinauf und es zeigten sich kein Mond und keine Stern'. Nur Dunkelheit sah ich. Dunkelheit – wie ein Modderloch so dunkel.

Dass ich zu rennen anfing, etwa so, wie man beim Joggen rennt, hatte nichts mit meiner Angst zu tun. Ich wusste, dass der Stadtwald ziemlich ausgedehnt ist und dass die Chance, Leuten zu begegnen, erst größer wurde, wenn ich ins Ortszentrum kam. Und dann sah ich etwas – und es schoss mir unser alter Familienspruch durch den Kopf: Ein Glückstag erster Ordnung! Wow!

Da saß auf einer Bank am Weg, über den ich gehechelt kam, ein Liebespaar. Sie küssten sich gerade und damit waren sie verdammt beschäftigt. Ich flippte fast aus vor Freude. Ich stoppte, atmete dreimal tief und räusperte mich dann. Nichts passierte. Die knutschten mit einer Inbrunst, dass man geradezu neidisch werden konnte.

«Hallo», sagte ich. Mehr traute ich mich nicht zu sagen.

Jetzt fuhren ihre Köpfe auseinander. Der junge Mann fingerte an seiner Kleidung herum, und das Mädchen schlug, ich weiß nicht warum, beide Hände vor die Augen und stieß einen Schrei aus – als ob ich ein Sittenstrolch wäre, der ihr an die Wäsche wollte.

«Zieh Leine», sagte der Macker, «beweg dich weiter, aber rasch.»

«Hören Sie mal», sagte ich, «ich brauche Hilfe. Wir wohnen da in dem Hotel und sind überfallen worden.

«In einem Hotel? Überfallen? Wo gibt's denn so was?», sagte er.
«Es ist aber so», versicherte ich ihm und teilte ihm noch ein paar Einzelheiten mit.
«Heinz, das ist ja fürchterlich», rief das Mädchen.
«Wer, sagst du, hat euch überfallen?», fragte dieser Heinz.
«Skinheads!»
«Bist du sicher?» Er sagte das in einem Tonfall, als sei von Cholera oder Aids die Rede.
«Mann, wär ich sonst so außer Atem?» Tatsächlich keuchte ich immer noch zwischen den einzelnen Wörtern.
«Und wie viele?»
Es entstand eine Pause, weil ich sie natürlich nicht abgezählt hatte und nun erst mal überlegen musste.
«Sechs, sieben ... mehr nicht. Mehr bestimmt nicht», sagte ich rasch, weil ich schon ahnte, dass er es mit der Angst zu tun kriegte.
«Mehr bestimmt nicht?», fragte er misstrauisch. «Ist da einer dabei, den sie Rocky nennen?»
«Ich glaube schon.»
«Ach du grüne Scheiße, das ist ein schlimmer Feger. Und wenn es jetzt nur sieben sind ... Bei denen kannst du rechnen: Wo Tauben sind, fliegen Tauben zu. Lass nur erst mal das Konzert zu Ende sein.»
«Heinz, du musst ihm helfen. Skinheads sind gefährlich», sagte das Mädchen.
«Was du nicht sagst», fuhr ihr Heinz über den Mund und lachte dazu so eklig, dass ich ihn hätte backpfeifen können, «so so, gefährlich ... offenbar kennst du dich mit denen bestens aus. Hast wohl mal mit einem ...»
«Das weiß man doch», unterbrach ihn das Mädchen. Sie

redete merkwürdig geziert. «Wer hat denn gesagt: ‹Wir gehen nicht zum Konzert. Da kommen Skinheads hin, die wollen aufmischen?›»

«Stimmt ja auch», räumte Heinz kleinlaut ein.

«Hilf ihm», drängte das Mädchen und, als könnte sie ihn damit aufstacheln: «Wenn's mal drauf ankommt, fällt dir nie was ein.»

Heinz erhob sich mit einer komisch ruckartigen Bewegung. Zu dem Mädchen sagte er: «Das kriegen wir schon auf die Rolle, bleib nur sitzen. Ich bin im Moment wieder bei dir.»

Ich weiß auch nicht, warum ich felsenfest glaubte, er würde mir helfen. Wie konnte er denn das, wenn er nur paar Schritte mit mir machen und dann zurückkommen wollte?

«Hör mal», sagte er, als wir uns ein paar Meter von der Bank entfernt hatten, «mit sechs, sieben Skinheads … da kann ich auch nichts machen.»

«Es sind nur fünf», sagte ich flehentlich. Ich hatte mir inzwischen nochmal genau vorgestellt, wie sie hereinkamen und was sich dann abspielte.

«Na», meinte er amüsiert, «vielleicht hätten sie sich, bis wir am Hotel wären, völlig in Luft aufgelöst. Nein, mein Lieber», er deutete mit dem Kinn in Richtung der Bank, «ich fürchte, ich kann da nichts für dich tun. Wir sind beschäftigt … total glücklich, verstehst du?»

Wieder kam diese eklige Lache.

«Aber sie hat doch gesagt, du sollst uns helfen», beharrte ich.

«Sie ist ein Mädchen», sagte er und zuckte die Achseln, «so das bekannte Krankenschwestersyndrom.»

Ich hatte keine Ahnung, was das war. Das Wort war mir noch nie untergekommen, aber ich begriff, dass er mich

abwimmeln wollte. So rasch sollte er mir nicht davonkommen. Wusste ich denn, wann ich den nächsten Menschen traf?
Ich sagte also: «Mein Gott, begreif doch, sie sind in Lebensgefahr.»
«Und ich soll mich auch in Lebensgefahr begeben», sagte er kühl, «nee, du, kein Bedarf. So nicht.»
«Aber wie willst du mir dann helfen?», bohrte ich weiter.
«Mit einem guten Rat!»
«Und der wäre?»
«Geh zur Polizei.»
«Ja», sagte ich maßlos enttäuscht.
«Das nächste Revier ist im Nachbarort. Lauf vor bis zur Hermannstraße, dort ist eine Telefonzelle. Da kannst du anrufen.»
«Ich ... ich», begann ich zu stottern, «ich hab kein Geld.»
«Das dachte ich mir», sagte er, griff in die Hosentasche, holte seinen Geldbeutel heraus und drückte mir ein Fünfmarkstück in die Hand. «Übrigens, ich finde die Knete auch nicht auf der Straße.»
«Danke», sagte ich und betrachtete verlegen das Geldstück.
«So», sagte er selbstgefällig, «ich bin ziemlich weit gegangen mit meiner Hilfe. Aber jetzt lass uns bitte in Ruhe.»
Ich muss Ihnen sagen, ich war nah dran zu flennen. Ich wusste wirklich nicht mehr aus und ein. Er aber hatte sich einfach abgewandt und war zu seiner Tussi zurückgegangen. Ganz cool. Ich rannte einfach wieder los. Was hätte ich denn sonst tun sollen. Als ich mich nochmal umdrehte, knutschten sie schon wieder.
Ich bin gelaufen und hab immer nur den Kopf geschüttelt.

Einmal habe ich gedacht: Wenn dieser Egoismus anhält, geht die Welt unter, noch während ich lebe.
Der nächste Mensch, auf den ich traf, war ein alter Mann, der seinen Hund Gassi führte. Da war ich schon in einer völlig zugebauten Gegend. Plattenbauweise.
Der Hund war ein Zwergpinscher. Als der Mann sah, wie ich angespurtet kam, nahm er das Hündchen auf den Arm. Da musste ich wieder an die Szene denken: die Karst und Naumann auf dem Boden kniend, bellend und miauend.
Mein Gott, man fasst es nicht. Unsere Lehrer. Und müssen sich wie Clowns aufführen. Das ist nicht in Ordnung. So was darf nicht sein. Wenn so was passiert, wie soll ich sagen ... stimmt die Welt nicht mehr. Man kann Lehrer ärgern. Gut und schön. Da bin ich auch dabei. Aber jemand so zu erniedrigen, dass er wie 'n Hund bellen muss, da mach ich nicht mit. Gegen so was muss etwas geschehen. Sehen Sie, ich merkte ja langsam, dass ich machtlos war. Eben da war's, dass ich dachte: Jesus, tu ein Wunder. Hier in diesem beschissenen Ostseebad. Warum denn nicht? Ich muss ja nur jemand finden, der mir hilft. Quatsch, überlegte ich weiter: Ich geh ja nie in die Kirche, ich bete sonst nie, glaub eigentlich auch nicht an Gott. Ich hab mich vom Religionsunterricht abgemeldet. Warum sollte sich dieser Jesus jetzt für mich zu einem Wunder hinreißen lassen.
Trotz dieses winzigen Köters, der mir unheimlich war, sah der alte Mann ganz Vertrauen erweckend aus.
Ich sagte: «Guten Abend, entschuldigen Sie, können Sie mir vielleicht bitte sagen, wo hier das nächste Polizeirevier ist?»
«Tja», sagte er nachdenklich, aber nicht unfreundlich, «früher gab es hier am Ort sogar zwei. Aber es wird ja alles

umgeworfen. Nichts ist mehr wie früher, nicht wahr? Jetzt gibt es nur noch eines drüben in Wittenbeck. Was willst du denn auf dem Polizeirevier?»
«Wir brauchen Hilfe», sagte ich und betete wieder mein Sprüchlein herunter.
«Was sagst du?», fragte er in einem Tonfall, als hätte ich ihm eben eine Beschreibung von der Rückseite des Mondes gegeben. «Junge Burschen kommen einfach so mir nichts, dir nichts herein und terrorisieren euch? Wer erlaubt ihnen das denn? Was haben denn eure Lehrer dazu gesagt?» Er fasste das nicht.
Jesuschrist, Superstar! An wen war ich da nur geraten? «Was sollen die sagen ... die sind vorsichtig.»
«Das muss man auch. Alles junge Kerle, die in ihrer Kindheit zu wenig Prügel bekommen haben.»
Vielleicht auch zu viel, dachte ich. Und mir fiel ein, wie mir zumute gewesen war, als mein Alter mich ohrfeigte, nachdem ich mit sieben mal ins Bett gemacht hatte. Immerhin, ich war kein Skinhead geworden deswegen.
Das ist ein kompliziertes Problem. Und ich konnte nicht genügend von meinen grauen Zellen aktivieren, um es zu lösen. Außerdem redete der alte Mann unterdessen pausenlos weiter.
Früher hätte es so etwas nicht gegeben. In der DDR nicht und bei Adolf auch nicht. «Und soll ich dir sagen warum, mein Junge? Weil nämlich jeder wusste, wenn er so etwas tut, wird ihm die Rübe runtergemacht. Oder er kommt nach Bautzen. Wusstest du, dass Japan das Land mit der niedrigsten Quote von Gewaltverbrechen auf der Welt ist – und warum? Weil die Strafen dort so hart sind. Der Staat müsste bei uns viel härter durchgreifen ... die Todesstrafe wieder einführen ... wie in Amerika ... auf den elektrischen Stuhl oder in die Gaskammer mit denen, ihnen 'ne

Todesspritze verpasst … Sich die Haare völlig abrasieren … den Hauptschmuck des Mannes … schon alleine dafür gehörten sie eingesperrt.»

«Ja, ja», sagte ich, denn alte Leute muss man reden lassen, wenn man etwas von ihnen will, das war mir klar. «Aber was soll denn jetzt geschehen? Ich brauche Hilfe. Würden Sie vielleicht mitkommen? Und wüssten Sie vielleicht jemand, der auch noch mitgeht?»

«Also», meinte er, «so drei, vier Männer in den besten Jahren braucht es da schon. Mit mir ist nicht mehr viel Staat zu machen. Ha», wieder kam so ein Zornesausbruch, «heute Abend laufen die Europapokalspiele im Fernsehen, da kriegst du niemand, der mitgeht. Hast du schon gehört: Dresden hat wieder verloren. Das macht dicke Luft.»

Ich dachte: Offenbar bist du an einen Verrückten geraten. Der bringt es auch nicht.

«Entschuldigen Sie, dass ich Sie aufgehalten habe», sagte ich, «aber ich glaube, ich muss jetzt weiter.»

«Schon gut, es war nett, sich mit dir zu unterhalten. Was willst du denn jetzt machen?»

«Ich gehe zur Polizei.»

«Das kannst du dir sparen … die Polizei», sagte er Hohn lachend. «Ist dir das noch nie aufgegangen: Die Polizei tut alles, um sich nicht mit den Skinheads anlegen zu müssen. Nein, du solltest vielleicht zu einem Pfarrer gehen. Pfarrer sind manchmal ganz geschickt, wenn es gilt, mit Verbrechern zu verhandeln, und für sie ist das Christenpflicht. Aber die evangelische Kirche – da hast du ein ganzes Stück zu laufen. Bei den Kleingärten liegt sie, von dem Hotel, wo du herkommst, wäre es nicht weit gewesen. Aber ob der Pfarrer auch dort wohnt, das weiß ich nicht.»

Ich wünschte dem alten Mann und seinem Hündchen

«Gute Nacht», setzte mich wieder in Bewegung und begann zu rennen. Jetzt war ich drauf und dran durchzudrehen.
Ich rannte und rannte.
Ich finde niemand, oder bis ich jemand finde, ist das Unglück schon geschehen, ging es mir durch den Kopf. Was denn für ein Unglück? Wenn man daran dachte, wie sie mit Naumann und der Karst umgesprungen waren, musste man mit dem Schlimmsten rechnen.
Ich begegnete zwar ein paar Leuten, aber ich sprach niemand mehr an. Es war ja doch zwecklos.
Ich rannte, bis ich vor der Telefonzelle stand. Die Nummer meiner Mutter wusste ich auswendig.
Ich warf das Fünfmarkstück ein und wählte. Es läutete dreimal. Dann sauste das Fünfmarkstück fort und ich war mit dem Anrufbeantworter meiner Mutter verbunden. O Gott, bis der Pfeifton kam, hatte ich mich wieder in der Gewalt. Hatte ja keinen Sinn, sie auch noch zu beunruhigen. Also sagte ich mit Guter-Laune-Stimme: «Hallo, Ma! Hier spricht Matt. *Alles in schlimmster Ordnung*. Tolles Wetter hier an der Ostsee. Essen ist bestens. Die Lehrer sind nett. Ciao!»
Das war genau das, was sie hören wollte. Ich wusste es, und ich fühlte mich gut, es gebracht zu haben.
Aber danach war ich bedient.
Ich war völlig bedient.
Ich kam mir vor, als hätte dieser Franse oder Ballermann mich in die Mangel genommen und mir wirklich alle Knochen im Leib gebrochen. Nein, nicht die Knochen ... die Seele, wenn Sie verstehen, was ich damit meine. Um Ihnen meine Stimmung noch deutlicher zu machen: Ich kam mir vor, als sei meine Seele so was wie eine verdammte Christbaumkugel. Als hätte sie jemand am Heiligen Abend von

einem Zweig gepflückt, als hätte er sie aus Wut, weil ihm die Geschenke nicht recht waren, aufs Kopfsteinpflaster geknallt, und dort wäre die Kugel natürlich zersprungen.
Ich stieß die Tür auf, kam an die frische Luft. Da ging es mir schon besser. Ein Gedicht fiel mir ein. Merkwürdig, ich hab's sonst nicht mit Gedichten. Das Gedicht war von Erich Kästner und wir hatten es letztes Jahr zu Weihnachten in der Schule mal auswendig lernen müssen. Es geht so:

Wenn im Turm die Glocken läuten,
kann das vielerlei bedeuten.
Erstens: dass ein Festtag ist.
Dann: dass du geboren bist.
Drittens: dass dich jemand liebt …

Weiter kam ich nicht. Und ich war nicht mal sicher, ob der Wortlaut bis dahin stimmte.
Jedenfalls bewirkte das Gedicht ein Wunder. Ich sah nämlich plötzlich Susans Gesicht vor mir, sah es ganz deutlich, so als stünde sie jetzt neben mir. Und da wusste ich: Ich musste es weiter versuchen, ich musste weitermachen.
Eine Frau ging vorbei. Ich habe wohl immer noch verdammt belämmert dreingeschaut, denn sie blieb stehen, blickte mir ins Gesicht und sagte dann: «Was hast du denn, Kleiner? Ist dir nicht gut? Brauchst du Hilfe?»
Mein erster Gedanke war: Verdammt, so klein bin ich nun auch nicht. Mein zweiter Gedanke aber: Die schickt mir der Himmel.

Nemed Gürzil

Schüler der R 7:

Zuerst war ich so wütend, dass ich, ehrlich gesagt, sogar wünschte, dass sie Matthias schnappten. Schadete ihm gar nichts, wenn er jetzt von Ballermann ein paar auf die Nase bekam.

Hätte sich bestimmt gut gemacht, wenn ich es gewesen wäre, der die Bullen, ich meine natürlich die Polizisten, holte. Vielleicht hätten sie sogar mein Foto in der Zeitung gebracht.

Sakine hätte sich die Artikel garantiert ausgeschnitten und sie kopiert und dann an alle Verwandten in der Türkei geschickt. Habe ich das eigentlich schon gesagt? Sakine ist meine kleine Schwester. Sie ist sieben und geht in die zweite Klasse der Grundschule, die zu unserer Gesamtschule gehört. Sakine kann schon ganz gut schreiben, und damit das auch ja jeder mitbekommt, schreibt sie Briefe. Am liebsten schickt sie sie per Luftpost in die Türkei. Dabei können Opa Yusuf und all unsere anderen Verwandten dort doch gar kein Deutsch lesen. Aber so was stört meine kleine Schwester nicht.

Warum mir das ausgerechnet jetzt durch den Kopf ging? Weiß ich auch nicht, ehrlich gesagt. Vielleicht, weil ich mir sonst noch in die Hosen gemacht hätte vor Angst, während wir da alle in der Ecke zusammengedrängt standen, wohin Rocky uns gescheucht hatte. Das war der Anführer der Skins. In seiner grün und braun gesprenkelten Army-Tarnhose marschierte er vor uns auf und ab. In der einen Hand hatte er eine Dose Bier, aus der er ab und zu einen großen Schluck nahm, und in der anderen ein abgebrochenes Stuhlbein.

In solchen Augenblicken hilft es mir manchmal, wenn ich an was Schönes denke. An meine verrückte kleine Schwester zum Beispiel.

Ob Matthias es geschafft hatte?

Ich sah auf meine Armbanduhr. Aber die musste vor Schreck stehen geblieben sein. Die Zeiger standen auf vier Minuten nach elf. Unauffällig schüttelte ich das Handgelenk. Dann merkte ich, dass die Uhr ganz normal ging. Die fünf Minuten seit Matthias' Flucht waren mir nur so lang vorgekommen. Mindestens wie eine Viertelstunde.

Plötzlich schluchzte jemand neben mir.

Natürlich Holger Petersen, die Heulsuse. Der hat immer so nah am Wasser gebaut. Manchmal kann das endlos dauern, bis er sich wieder einkriegt.

Rocky blieb stehen und sah sich nach dem langen Dürren um, der neben der Tür mit ausgestreckten Beinen auf einem Stuhl wippte.

«Los, Stuka, spiel mal Kindermädchen!»

Stuka wippte weiter auf seinem Stuhl. Herausfordernd langsam nahm er einen großen Schluck aus seiner Bierdose.» Geht nicht», sagte er.

«Ach, nee!» Rocky ging zu dem Tisch, an den sich der kleine Typ im Ledermantel mit seinem Notizbuch gesetzt hatte, und deponierte dort sein Stuhlbein und die Bierdose. «Was soll das denn werden? Eine kleine Befehlsverweigerung?»

So, wie er die Arme anwinkelte und die Schultern lockerte, war klar, dass er Boxer war. Kein Wunder, dass der

Naumann sich immer noch nicht ganz von dem Schlag in den Bauch erholt hatte.
«Quatsch!» Stuka setzte sich aufrecht hin. Sein auffälliger Adamsapfel bewegte sich plötzlich heftig auf und ab. «Ich bin auf Posten, Mann! Ich kann hier nicht von der Tür weg.»
«Wieso?» Rocky ließ irritiert die Fäuste sinken.
Stuka zeigte mit seiner Bierdose auf uns. «Oder willst du, dass noch mehr von denen abhauen?»
«Da ist was dran, Rocky», sagte der, den sie Goebbels nannten. Dann schrieb er wieder etwas in sein Notizbuch.
In diesem Moment brachte sich Holger Petersen mit einem lauten Schluchzer in Erinnerung.
Mit drei tänzelnden Boxerschritten war Rocky bei ihm. «Bist du kein Deutscher?»
«Doch!» Holger, der mit seinen blonden Haaren und der hellen Haut wie ein richtiger Wikinger aussähe, wenn er nicht so ein schmales Hemd wäre, riss erschrocken die Augen auf. «Und warum flennst du dann?» Rocky legte ihm mit einer schnellen Bewegung die Hand in den Nacken und hielt ihm die Faust unter die Nase. «Ein deutscher Junge weint nicht! Klar?»
Holger nickte hastig. Während er Hilfe suchend zu Herrn Naumann hinübersah, zog er zweimal den Rotz in der Nase hoch. Aber der Naumann konnte ja auch nichts machen.
Auf einmal lächelte Holger so komisch, als ob ihm ein bestimmter Gedanke gekommen wäre. Dann rückte er ein Stück von mir ab.
Die Tür flog auf.
Ballermann stampfte herein, dass die Metallketten auf seiner schwarzen Lederbrust klirrten. Hinter ihm tauchten

Franse und Glatze auf. Alle drei sahen ziemlich gefrustet aus.
«Und?», fragte Rocky.
«Weg!», antwortete Ballermann wütend. «War schon zu dunkel.»
Matthias hatte es also geschafft!
Jetzt war ich doch heilfroh, dass Ballermann ihn nicht in die Finger bekommen hatte.
Die drei mussten ganz schön herumgerannt sein. Sie waren alle verschwitzt. Ballermann holte sich gleich eine Dose Bier von der Fensterbank und riss sie auf. «Wenn ich den erwischt hätte!», knurrte er und setzte die Bierdose an den Mund.
Ich erinnere mich noch genau, dass mir in diesem Moment der Gedanke kam: Ob der überhaupt weiß, was er mit seinen Fäusten anrichten kann?
«Dann schwirren wir jetzt mal besser ab.» Mir war gleich aufgefallen, dass Franse nervös war. Immer wieder strich er sich die dunkle Haartolle aus dem linken Auge. «Der holt doch bestimmt die Bullen.»
Endlich! Ich atmete auf.
Leider zu früh. Denn es zeigte sich, dass außer Franse nur der lange Stuka und Glatze dafür waren, das Feld zu räumen.
«Weil ihr Schiss habt!», sagte Ballermann verächtlich.
«Quatsch! Aber wir wohnen hier schließlich.»
«Franse hat doch Recht», sprang Stuka ihm bei. «Du und Rocky und Goebbels, ihr dampft morgen vielleicht schon wieder ab. Und wen haben sie dann am Arsch? Uns!»
«Ach, nee!» Rocky baute sich vor Stuka auf, die Daumen unter den Gürtel seiner Kampfanzughose geklemmt. Ohne dass Stuka es merkte, schlich Ballermann sich von hinten an ihn heran.

«Erst bist du froh, dass wir in dein Kuhdorf kommen und deinen Sauhaufen mal ein bisschen auf Trab bringen», sagte Rocky leise. «Aber kaum wird's mal 'n bisschen brenzlig, da kneifst du, was?»
Bis dahin hatte ich natürlich gemerkt, dass es Spannungen gab zwischen Rocky und Stuka. Aber ich hatte geglaubt, dass wir es mit einer einzigen Gruppe von Skinheads zu tun hatten.
Nun wurde mir klar, dass es sich offenbar um zwei Gruppen handelte. Stuka war wohl der Anführer der örtlichen Skins, zu denen auch Franse und Glatze gehörten.
Rocky kam irgendwo anders her. Aus einer Stadt wahrscheinlich. Jedenfalls wirkte er so. Und Ballermann war sein Kumpel. Die beiden waren viel zu gut aufeinander eingespielt.
Und Goebbels? Der stammte todsicher auch nicht aus dem Ort hier. Er schien so eine Art Aufpasser zu sein, der irgendjemand Bericht erstatten musste über alles, was hier ablief. Aber wem?
Stuka jedenfalls war durch Matthias' Flucht nervös geworden. «Wir wollten doch sowieso noch zu dem Konzert in die …»
«Stillgestanden!», kommandierte Rocky, der neben ihn getreten war.
«Aber …»
Ballermann schlug Stuka kurz die Faust in den Nacken. «Stillgestanden heißt Gräten zusammennehmen und die Schnauze halten, du Penner.»
Stuka zögerte. Dann nahm er Haltung an.
«Hinlegen!», sagte Rocky leise.
Als Stuka nicht sofort gehorchte, schlug Ballermann ihm erneut die Faust in den Nacken, diesmal schon härter. «Soll ich 'n bisschen nachhelfen?»

Stuka ließ sich auf den Boden fallen.
«Auf!»
Die ersten vier- oder fünfmal klappte es noch ganz gut. Dann fiel es Stuka immer schwerer, seinen langen Körper wieder in die Senkrechte zu bringen. Schließlich blieb er erschöpft liegen.
«Fünfzehnmal», sagte Ballermann. «Ziemlich schwaches Bild.»
«Wir Flieger», japste Stuka, «haben es mehr hier.» Er tippte sich an den kahl geschorenen Schädel.
«Du bist doch bisher höchstens von der Schule geflogen», feixte Ballermann und tippte ihm mit seinem Springerstiefel gegen die Rippen. «Wollen wir mal 'n bisschen Konditionstraining mit ihm machen, Rocky?»
«Später vielleicht», sagte Rocky großmütig: Er sah Franse und Glatze an. «Sonst noch jemand ohne Fahrschein?» Beide schüttelten eilig den Kopf. «Dann können wir uns ja endlich mal wieder um unsere Gastgeber kümmern. Da ist ja jetzt wohl 'ne kleine Strafaktion fällig.»
Inzwischen war es schon zwanzig nach elf. Ich guckte alle zwei oder drei Minuten auf meine Uhr, weil ich es einfach nicht glauben konnte, wie lange die brauchten. Die Polizei, meine ich.
Wenn sie im Fernsehen einen Tatort oder so zeigen, braucht nur einer aus einer Telefonzelle am Ende der Welt anzurufen, und zack jagen mit Blaulicht und Sirenengeheul von allen Seiten die Streifenwagen heran.
Aber vielleicht hatte Matthias ja gar nicht angerufen, sondern war selbst zur Wache gerannt. Eigentlich war das sogar noch besser. Dann konnte er den Bullen gleich den Weg zeigen.
Den anderen aus der Klasse schien es ähnlich zu gehen wie mir, jedenfalls denen, die noch die Augen offen halten

konnten. Peter Schirmer, zum Beispiel, linste immer wieder zum Fenster hinaus. Vielleicht robbten sich dort draußen schon Beamte vom MEK heran, dem Mobilen Einsatzkommando.
Wir wurden immer zappeliger. Frau Karst legte alle Augenblicke bedeutungsvoll den Zeigefinger auf die Lippen, um uns ruhig zu halten. Aber das brachte natürlich nicht viel.
Erst als der Anführer der Skinheads plötzlich von der «kleinen Strafaktion» redete, wurde es schlagartig still im Raum. Rocky klemmte die Daumen unter den Gürtel seiner Armeehose und ging vor uns zusammengedrängtem Grüppchen auf und ab. Schließlich blieb er vor Susan stehen. Susan bog demonstrativ den Kopf weg, als Rocky nach ihren bunten Zöpfchen griff und sie mit seinen kräftigen Fingern betastete, als wollte er das Material prüfen.
«Erzähl doch mal», sagte er. «Was für Strafen gibt es denn so bei euch?»
Susans Antwort kam wie aus der Pistole geschossen. «Schokokussessen!», behauptete sie.
Einige kicherten, hörten aber sofort wieder auf, als Rocky kurz aus dem Handgelenk ausholte und Susan eine so gewaltige Backpfeife verpasste, dass sie von der Wucht gegen mich geschleudert wurde.
«Jetzt reicht's aber wirklich!» Frau Karst war mit zwei schnellen Schritten bei uns, holte von ganz hinten aus und gab dem Skin eine schallende Ohrfeige.
Wir hielten alle die Luft an. Deutlich zeichneten sich Frau Karsts Finger auf der Wange des Skins ab.
«Eigentor, Muttchen!», rief Ballermann erfreut. «Jetzt bist du fällig!»
Frau Karst drückte Susan, die keinen Laut von sich gege-

ben hatte, an sich. Über Susans Kopf hinweg funkelte sie Rocky an.
«Denken Sie doch mal nach, Rocky! Glauben Sie denn, ich sehe Ihnen nicht an, dass Sie nicht zu denen da gehören?» Sie deutete mit dem Kinn auf Glatze und Ballermann. «Sie sind doch ein vernünftiger Mensch. Sicher gibt es Gründe dafür, dass Sie in diese Szene hineingerutscht sind. Aber deshalb verbaut man sich doch nicht gleich den Rest seines Lebens.»
Rocky hatte die rechte Faust geballt und die Schulter zurückgenommen. Aber er schlug nicht zu.
Er ließ die Karst sogar noch weiterreden.
«Gleich gegenüber beginnt der Wald», sagte die Karst. «Die Fenster dort führen aufs freie Feld. Mein Gott, hauen Sie doch einfach ab. Vielleicht entkommen Sie ja. Und wenn Sie doch geschnappt werden, nun ...» Mit sehr viel leiserer Stimme fügte sie hinzu: «Bisher ist ja noch nicht allzu viel passiert, Gott sei Dank.»
Rocky zögerte. Ich konnte deutlich erkennen, wie seine Augen flackerten.
Goebbels sprang so heftig auf, dass sein Stuhl umfiel.
«Himmel, Arsch und Zwirn!», schrie er schrill. «Nun schlag dem Weib doch endlich die Zähne ein!»
Das Flackern verschwand aus Rockys Augen. «Schnauze!», brüllte er. Aber es war nicht klar, wen er damit meinte.
Er reckte das Kinn vor und schüttelte unwillig den Kopf. Wie ein Boxer, der einen Treffer eingefangen hat.
Suchend glitt sein Blick über uns hinweg und blieb an dem dünnen Blondhaar von Holger Petersen hängen.
Er ging zu Holger hinüber und knuffte ihn kumpelhaft in die Seite. «Na, hast du etwa schon Negerküsse von deinen Lehrern bekommen?»

Holger druckste herum und sagte nichts.
«Na, raus mit der Sprache! Ich reiß dir schon nicht den Kopf ab.»
«Einmal», antwortete Holger schließlich. «Da hatte Herr Naumann Geburtstag.»
«Ist er euer Klassenlehrer?» Holger nickte.
«Und wenn ihr mal was ausfresst? Was für Strafen gibt er euch dann?»
«Strafarbeiten», sagte Holger. «Manchmal auch Nachsitzen.»
«Strafarbeiten?» Der Skin grinste. «Das gefällt mir! Dann werden wir uns jetzt mal für ihn 'ne hübsche Strafarbeit ausdenken. Damit er mal lernt, ein bisschen Disziplin in seinen Sauhaufen zu bringen. Ist doch sein Job, die Schüler zusammenzuhalten, oder? Da kann doch nicht jeder einfach so wegrennen. Wenn dem armen Jungen nun was passiert! Welche Fächer hat der ... Laumann denn?»
«Ich kann selber reden», griff Herr Naumann ärgerlich ein. «Und Ihren Laumann können Sie sich auch sparen! Der ist bisher noch jeder Klasse eingefallen. Also, ich gebe Deutsch und Geschichte. Gelegentlich auch Religion. Aber da habe ich nur eine Schmalspurausbildung.»
Er hatte uns das mal erzählt, in seiner ersten Religionsstunde bei uns. Wir dürften nicht zu viel von ihm erwarten. In Wirklichkeit glaube er nämlich gar nicht richtig an Gott. Mit der Zusatzausbildung in Religion habe er erst angefangen, als er längst fertiger Lehrer gewesen sei. Aber mit seinen beiden Fächern Deutsch und Geschichte habe man ihn nicht eingestellt. Deshalb habe er mit seiner Freundin, die auch Lehrerin sei, einen Fahrradladen aufgemacht. Gutes Geld hätten sie da verdient. Aber irgendwann habe er gemerkt, dass ihn die Kohle gar nicht so sehr interessierte. Er wollte endlich als Lehrer arbeiten, und

das konnte er nur mit dem Zusatzfach Religion. Religionslehrer wurden damals nämlich gerade Hände ringend gesucht.
Hat mir ziemlich imponiert, dass er das so offen zugab. Dass er nicht richtig an Gott glaubt und so. Aber er könnte uns erzählen, sagte er, was denn die Unterschiede seien zum Beispiel zwischen dem Christentum, dem Islam und dem Buddhismus. Das wäre ja vielleicht für alle ganz interessant. Denn so wäre ihm das am liebsten. Dass alle die Religionsstunden mitmachten, egal ob sie Christen, Moslems, Juden oder sonst was seien. Je mehr einer über den anderen wüsste, desto besser. Es gäbe sowieso schon viel zu viele Missverständnisse unter den Menschen.
Bis auf Ayşe, deren Vater ihr strikt verboten hatte, am christlichen Religionsunterricht teilzunehmen, haben wir schließlich alle an Naumanns Religionsstunden teilgenommen. Ich war ja erst skeptisch gewesen. Aber ehrlich, das war richtig spannend, was der einem da erzählte.
Aber Religion interessierte den Skin überhaupt nicht.
«Geschichte?», hakte er nach und wandte sich wieder an Holger Petersen: «Was bringt er euch denn da so bei?»
Holger grinste dämlich. Natürlich hatte er wieder mal keinen Schimmer.
«Zuletzt waren wir bei den Wikingern», half ihm der Naumann. «Ich hatte da so ein neues Buch gefunden. Erinnerst du dich, Holger? Daraus habe ich euch spannende Geschichten über die Gründung von Haithabu vorgelesen. Aber das Buch war zugleich ein Sachbuch mit ...»
«Nordische Rasse», unterbrach ihn Rocky. «Gar nicht mal schlecht, Laumann! Aber schon reichlich verstaubt, oder?» Er wandte sich wieder an Holger Petersen. «Hat er euch denn auch schon was über den Zweiten Weltkrieg erzählt?»

Holger schüttelte den Kopf, und Rocky entschied grinsend: «Dann haben wir ja schon das passende Thema für deinen Strafunterricht, Laumann. Und ja kein schlechtes Wort über den deutschen Soldaten! Da ist Ballermann nämlich sehr empfindlich. Und jetzt: Klassenraum herrichten! Zack-zack!»

Wir mussten die Stühle und Tische, die die Skins vorhin in ihrer ersten Zerstörungswut durcheinander geworfen und an der Wand zur Küche zu einem wirren Haufen aufgeschichtet hatten, wieder in die Raummitte zurücktransportieren.

Weil ihnen das beim ersten Mal nicht schnell genug ging, mussten wir alles wieder zurückbringen und noch einmal von vorn beginnen.

«He, nicht einschlafen!», brüllte Glatze und trat Peter Schirmer, der sich ganz allein mit einem schweren Tisch abkämpfte, in den Hintern.

Während ich mit einigen anderen nach Stukas Anweisungen die Tische wieder auseinander schob, damit ein Mittelgang entstand, sah ich, wie der Kerl im schwarzen Ledermantel Rocky zu sich heranwinkte und mit ihm flüsterte.

Das ganze Theater hatte ein Gutes. Als wir schließlich heftig keuchend auf unseren Plätzen saßen, waren wir alle wieder hellwach.

Der Naumann sah ziemlich kläglich aus, wie er da in seinen ausgebeulten Jeans und rotem Karohemd vor uns stand.

Er litt.

Immer wieder schaute er Hilfe suchend zu der Karst hinüber, die ganz hinten in der letzten Reihe saß und ihm zunickte. Ich glaube, sie war während der Referendarzeit seine Betreuerin gewesen oder wie man das nennt. Deshalb war sie wohl überhaupt nur mitgekommen auf diese Klassenreise.

«Also.» Der Naumann räusperte sich mehrfach. «Was ich hier jetzt mit euch machen soll, steht natürlich so nicht im Lehrplan. Normalerweise würden wir den Zweiten Weltkrieg erst in ein oder zwei Jahren ...»

Rocky war hinter ihn getreten. Jetzt tippte er ihm auf die Schulter.

«Kleine Änderung», sagte er. «Das Thema der Stunde lautet jetzt: ‹Unser großer Führer Adolf Hitler›.»

Der Naumann schluckte.

«Okay», sagte er dann. «Ich höre gerade, dass ich euch etwas über den Diktator Adolf Hitler berichten soll.»

Rocky nickte.

Der im langen Ledermantel, den sie Goebbels nannten, stand, die Hände auf dem Rücken verschränkt, am Fenster und sah in die Dunkelheit hinaus. Jetzt drehte er sich um und wandte sich an Rocky. Uns schien er gar nicht wahrzunehmen.

«Das Thema lautet: ‹Unser großer Führer Adolf Hitler›!»

Rocky sah sich um und hob eins der Stuhlbeine vom Fußboden auf. Dann ging er ganz dicht an Herrn Naumann heran. «Und was hast du gesagt, Laumann?»

Der Naumann schwieg.

«Ich hab dich was gefragt, Laumann!» Rocky brüllte so laut, dass sein Speichel dem Naumann ins Gesicht spritzte.

Herr Naumann antwortete wieder nicht.

«Umfallen!», kommandierte Rocky und hob drohend das Stuhlbein. «Oder soll ich nachhelfen?»

Da legte sich der Naumann schon lieber freiwillig hin.

«Zehn Liegestütze!», kommandierte Rocky.

Sie zählten alle im Chor mit.

Als der Naumann wieder aufstand, war er noch ziemlich fit, nur sein Atem ging ein bisschen schneller.
«Also, wie heißt dein Thema, Laumann?» Rocky setzte ihm das abgebrochene, scharfkantige Ende des Stuhlbeins unter das Kinn.
Der Naumann sah Hilfe suchend zu der Karst, die hinten in der letzten Reihe zwischen Susan und Ayşe saß. Frau Karst nickte kaum merklich.
Der Naumann wirkte auf einmal irgendwie erleichtert. «Das Thema der Stunde heißt: ‹Der Führer Adolf Hitler›», begann er wieder.
«Na, also», sagte Rocky. «Es geht doch.»
Diesmal drehte sich Goebbels gar nicht erst um. Er hatte den Kopf leicht in den Nacken gelegt und stand sehr gerade. «Unser großer Führer Adolf Hitler!», sagte er gegen die dunklen Fensterscheiben.
Rocky stieß dem Naumann das Stuhlbein gegen das Kinn. Eine der scharfen Bruchkanten ritzte dem Lehrer die Haut auf.
«Umfallen, Laumann! Zehn Liegestütze!»
«Eins!», zählte Ballermann mit. «Zwei! ...»
Die anderen fielen grölend ein und nach jeder Zahl nahmen sie einen großen Schluck aus ihren Bierdosen.
Diesmal brauchte der Naumann schon ein bisschen länger. Aber er merkte wohl selbst, dass er das Spiel auf die Dauer nicht durchhalten würde, und lenkte ein.
«Unser großer Führer Adolf Hitler», sagte er. «Bestimmt hat der eine oder andere von euch schon von diesem Mann gehört.»
Holger Petersen, der sich sonst nie meldet, schnipste aufgeregt mit den Fingern. «Mein Opa sagt, Adolf Hitler hat die Autobahnen gebaut.»
Der Naumann nickte freundlich. «Da hat dein Opa Recht,

Holger. Damals gab es eine schlimme Wirtschaftskrise. Viele Menschen hatten keine Arbeit und nichts zu essen. Dadurch, dass Hitler Autobahnen bauen ließ, verschaffte er vielen Arbeitslosen einen Job, wie wir heute sagen würden. Aber warum baute er gerade Autobahnen? Er hätte doch auch Schwimmbäder oder Fußballstadien bauen können.»

Ich hätte mich gern gemeldet. Schon um dem Naumann über die Runden zu helfen. Denn irgendwie hatte ich das Gefühl, dass er mit unserer Hilfe rechnete. Aber ich hatte keine Ahnung, was er hören wollte.

Frau Karst hob die Hand.

«Ja?» Der Naumann nickte ihr sichtlich erleichtert zu.

Frau Karst wandte sich nicht an ihn, sondern an die Klasse. «Ihr müsst euch das so vorstellen, wir Deutschen hatten damals den Ersten Weltkrieg verloren, und es gab viele Leute, die einen neuen Krieg wollten. Zu ihnen gehörte Hitler. Er träumte von einem riesigen deutschen Reich, für das er viele andere Länder überfallen und erobern wollte. Hitler ließ die Autobahnen bauen, damit die deutschen Soldaten schneller vorrücken konnten.»

«Das deutsche Volk brauchte Lebensraum!», rief Stuka.

Der Naumann beachtete den Zwischenruf einfach nicht. «Wer weiß denn noch etwas über Hitler?», fragte er die Klasse.

Wieder meldete sich keiner.

Alle saßen mit hoch gezogenen Schultern da und versuchten, gleichzeitig den Naumann und die Skins im Auge zu behalten. Das war gar nicht so einfach. Denn Rocky, der Anführer, war die ganze Zeit in Bewegung. Mit dem Stuhlbein in der Hand stolzierte er mal hinter dem Naumann, mal im Mittelgang zwischen den Tischen auf und ab. Die anderen lümmelten auf Tischen und Stühlen herum, tran-

ken Bier und grölten hin und wieder ihre Kommentare. Nur Goebbels rührte sich die ganze Zeit nicht von der Stelle. Er stand immer noch am Fenster, die Hände auf dem Rücken verschränkt.
Es war die gespenstischste Unterrichtsstunde, die ich je erlebt hatte.
Zu allem Überfluss fing hinter mir auch noch jemand zu kichern an. Ich drehte mich schnell um. Es war Margot. Sie stieß Peter Schirmer an, ihren Tischnachbarn. Der kapierte zuerst nicht, worum es ging, dann prustete er los.
Ich selbst begriff erst, als Frau Karst plötzlich mit scharfer Stimme sagte: «Es gibt hier im Haus auch Toiletten!»
Glatze stand an der Wand zum Treppenhaus und pisste. Eine dunkle Lache breitete sich zwischen seinen schief gelaufenen Springerstiefeln aus.
Genau in diesem Moment sagte Susan neben mir ganz ruhig und ernst: «Hitler hat Millionen Juden ermorden lassen.»
Mit einem Schlag war es still in der Klasse.
Die meisten von uns duckten sich, als erwarteten sie, dass Rocky mit seinem Stuhlbein auf uns einschlug.
Der Naumann nickte Susan anerkennend zu. «Sehr gut, Susan», sagte er, aber das haben sicher nicht viele von uns gehört, denn die Skins überschrien sich plötzlich gegenseitig.
«Lüge!»
«Dich hätten sie damals auch vergast!»
«Negerfotze!»
Rocky kitzelte den Naumann wieder mit dem Stuhlbein unterm Kinn. «Was hör ich da, Laumann? Solche Lügen lässt du in deiner Klasse verbreiten?»
Der Naumann musste sein Kinn unnatürlich weit nach oben recken, damit ihm die scharfen Bruchkanten nicht

noch tiefer in die Haut schnitten. «Aber sie hat doch Recht», brachte er hervor. «In Hitlers Konzentrationslagern ...»

«Umfallen!», kommandierte Rocky. «Zwanzigmal pumpen!»

Man merkte gleich, dass der Naumann sich schon ziemlich verausgabt hatte. Immer tiefer hing sein Bauch durch.

Rocky sah sich das eine ganze Weile an.

«Ich hör nichts», sagte er dann.

Die anderen grinsten. Offenbar kannten sie das Spiel schon.

«Neun!», sagte der Naumann, als er sich das nächste Mal hochgestemmt hatte.

Die Skins wieherten vor Schadenfreude.

«Wer nicht mitzählt, hat selbst Schuld», sagte Rocky. «Also los, Laumann! Nochmal von vorn!»

Der Naumann schaffte noch zwölf Liegestütze. Dann machten seine Armmuskeln nicht mehr mit und er blieb liegen.

«Ballermann!», rief Rocky.

Ballermann sprang von seinem Stuhl auf, dass die Ketten auf seiner Brust klirrten.

«Hier!»

«Hilf ihm mal ein bisschen», sagte Rocky.

Ballermann stapfte vor und trat dem Naumann zwei-, dreimal sanft in die Seite. «Los, los! Nicht so lahmarschig!»

Der Naumann schaffte tatsächlich noch zwei Liegestütze. Dann lag er wieder auf dem Bauch.

Diesmal trat Ballermann mit aller Kraft zu. Der Naumann schrie vor Schmerz auf. Dann stemmte er sich hoch. Einmal, zweimal. Und dazu zählte er, kaum hörbar: «Fünfzehn, ... sech – – – zehn ...»

«Lauter!», brüllte Ballermann. «Oder willst du nochmal von vorn anfangen?»
Dabei trat er wieder zu. Immer auf dieselbe Stelle.
Die Karst war aufgesprungen und lief nach vorn.
Glatze stellte ihr ein Bein. Als sie stürzte, fing er sie auf und hielt sie fest. Man konnte deutlich sehen, wie er seine großen Hände auf ihren Busen presste. Die Karst trat mit den Füßen nach ihm. Aber der derbe Glatzkopf schien den Schmerz gar nicht zu spüren. Mit blödem Lächeln sah er sich stolz um. Seine vorquellenden Augäpfel standen noch weiter vor als sonst.
«Aufhören!», schrie die Karst. «Sofort aufhö…!»
Glatze hatte ihr lachend seine Hand auf den Mund gepresst. Der Naumann quälte sich noch einmal hoch.
«Sieb – – zehn …!»
Ballermann trat mit voller Wucht zu. «Acht – – – – zehn …»
«Los, los! Nicht einschlafen!»
Ballermann trat ihm noch ein paar Mal in die Rippen. Jedes Mal stöhnte der Naumann laut auf. Aber er konnte einfach nicht mehr.
Entsetzt starrten wir nach vorn.
Ich weiß noch, dass außer mir noch einige andere Schülerinnen und Schüler aufgesprungen waren.
Rocky schmetterte sein Stuhlbein dicht vor mir auf die Tischplatte. «Hinsetzen!»
Zögernd sanken wir auf unsere Stühle zurück.
Plötzlich fuhr Goebbels herum. Mit wehenden schwarzen Mantelschößen marschierte er hastig durch den Raum und stand einen Augenblick später hoch aufgerichtet vor der Klasse.
«Das mit den Juden!», rief er schrill. «Das ist alles nur Feindpropaganda! Sechs oder sieben Millionen! Und alle vergast und verbrannt! Aber da würden die Krematorien

ja heute noch brennen. Das kann euch jeder Krematoriumsangestellte bestätigen.»

Ich weiß noch, wie ich diesen Typ in seinem langen, schwarzen Ledermantel fassungslos angestarrt habe.

Mit durchdringender metallischer Stimme faselte er davon, wie sich das Weltjudentum gegen die nordische Rasse verschworen habe.

«Unser großer Führer Adolf Hitler» habe gar keine andere Wahl gehabt, als die Konzentrationslager aus dem Boden zu stampfen. Und die Bedrohung sei heute schlimmer denn je. Man brauche sich ja nur umzusehen. Nicht nur Deutschland, ganz Europa sei von Fremdrassen bedroht und so weiter und so weiter.

Es war gespenstisch.

Seine Gesten wurden immer größer und seine Stimme immer lauter. Wahrscheinlich hatte er schon lange davon phantasiert, wie er diese Rede vor einer riesigen Menschenmenge halten würde.

Er sprach von Erbgesundheit und Minderwertigkeit, von Lebensraum und Volkstum, und seine Sehnsucht nach großen Versammlungserfolgen hatte ihn offenbar völlig vergessen lassen, dass er vor der R 7 einer Kreuzberger Gesamtschule redete, mit einem Ausländeranteil von über sechzig Prozent.

Uns konnte es recht sein.

Solange er redete, waren wir einigermaßen sicher vor den Fäusten und Stuhlbeinen seiner gewalttätigen Kumpels.

Nemed Gürzil

Schüler der R 7:

Das Gefasel von dem Typ, den sie Goebbels nannten, dauerte so lange, dass viele von uns kaum noch die Augen offen halten konnten.

«Auf!», brüllte Rocky etliche Male. «Hinsetzen!» Dabei schlug er wieder mit seinem Stuhlbein auf einen der Tische. «Auf! ... Hinsetzen!»

Ich war sogar dankbar für die Unterbrechungen. Ohne sie wäre ich wahrscheinlich irgendwann vom Stuhl gefallen und hätte mir womöglich noch den Kopf verletzt.

Davor habe ich nämlich Angst. Dass ich mal irgendwann unglücklich stolpere oder mit dem Fahrrad stürze und mir dabei eine Kopfverletzung hole.

Als meine Mutter es leid war, uns ewig an die Fahrradhelme zu erinnern, die sie uns gekauft hatte, war sie mit mir kurzerhand durch die Kinderabteilung im Krankenhaus gegangen und hatte mir die Mädchen und Jungen gezeigt, die sich bei Fahrradunfällen schwere Kopfverletzungen geholt hatten. An einen Jungen im Rollstuhl, dem aus dem seltsam verzerrten Mund ständig der Speichel lief, erinnere ich mich heute noch. Seitdem fahre ich immer mit Helm. Und Sakine natürlich auch. Wenn ihr großer Bruder einen Fahrradhelm aufsetzt, dann will sie auch einen.

Das mit dem Krankenhaus muss ich vielleicht noch erklären.

Mama ist Ärztin dort. Anästhesistin. Das heißt, dass sie bei den Operationen dafür verantwortlich ist, dass der Patient ohne Bewusstsein ist und nichts spürt. Übrigens ist sie Deutsche. Das sieht man Sakine und mir allerdings nicht an. Jeder hält uns für Türken.
Mama hat während ihrer Ausbildung eine Zeit lang an einem Krankenhaus in Istanbul gearbeitet. Dort hat sie Papa kennen gelernt, bei einer Theateraufführung an der Deutschen Schule. Papa ist Architekt. Er hat in Istanbul mehrere Häuser gebaut. Aber hier in Deutschland hat er einen Gewürzladen. Alle paar Monate fliegt er in die Türkei und kauft neue Ware ein. Sumach, zum Beispiel, und Nigella. Inzwischen kommen seine Kunden nicht nur aus Kreuzberg, dort liegt sein Geschäft, sondern von überall aus Berlin. Papa hat in seinem Computer kurze Texte zu den Gewürzen gespeichert. Die Kunden mögen es, dass Papa extra für sie ein paar Informationen über den Schwarzkümmelsamen Nigella ausdruckt. Das ist ein pfeffriger Samen, den man auf Brot und Gebäck streut. Aber Papa verkauft auch Feigen und Datteln und ein paar Dutzend Teesorten.
«Auf!», brüllte Rocky wieder.
Ich fasste Susan am Arm und zog sie mit hoch. Ihr Kopf war auf die Tischplatte gesackt. War ja nicht nötig, dass sie die Aufmerksamkeit des Skinheads auf sich lenkte.
«Heil Deutschland!», schrie Goebbels. Dabei riss er den ausgestreckten Arm hoch, mit drei ausgestreckten Fingern. Dann stapfte er ans Fenster zurück und starrte, den Kopf leicht zurückgeneigt, in straffer Haltung in die Dunkelheit hinaus. Ziemlich albern wirkte das.
«Hinsetzen!»
Als ich wieder saß, hörte ich von weiter hinten ein dringliches Flüstern. «Ich kann aber nicht mehr!» Ayşe war das.

«Versuch es trotzdem!» Frau Karst flüsterte ebenfalls, aber sie sprach betont energisch. «Es dauert bestimmt nicht mehr lange.»

«Aber ich kann nicht!»

«Dann mach dir in die Hose. Das ist immer noch besser als …»

«Nein!» Die pure Vorstellung musste Ayşe so entsetzt haben, dass sie das Nein laut gerufen hatte.

Natürlich passierte genau das, was die Karst offenbar vermeiden wollte.

Ballermann stapfte heran.

«Was 'n hier los?»

Frau Karst sah den mit Ketten behängten Skinhead furchtlos an. «Lassen Sie mich bitte mit dem Kind die Toilette aufsuchen.»

Ballermann kaute grinsend auf seinem Kaugummi.

Die Karst stand auf, nahm Ayşe bei der Hand und ging auf den Ausgang zu. Eine Damen- und eine Herrentoilette befanden sich unter der Treppe. Im ersten Stock gab es weitere Toiletten.

«Ballermann!», kommandierte Rocky. «Auf Posten!»

Ballermann brummte unwillig. Dann trabte er so eilig los, dass er vor den beiden an der Tür war.

Ayşe hielt die ganze Zeit den Kopf gesenkt. Das muss sie. Nach den Regeln des Korans darf sie keinem fremden Mann ins Gesicht blicken.

Jedes Mal, wenn ich Ayşe so durch die Gegend huschen sah, mit tief in die Stirn gezogenem Kopftuch und in lange wallende Gewänder verpackt, war ich heilfroh, dass meine Eltern sich nicht viel aus Religion machen. Mama war früher evangelisch, aber sie ist aus der Kirche ausgetreten und Papa geht auch nicht in die Moschee. In seiner Familie in der Türkei sind sie alle Moslems. Aber Oma Ailil und

die anderen Frauen brauchen trotzdem nicht mit Kopftuch herumzulaufen.
Ayşes Vater habe ich nur ein einziges Mal gesehen, an einem Elternsprechtag. Er ist ein kleiner, gebrechlicher Mann mit einem schwarzen Schnurrbart und tief ins Gesicht eingegrabenen Falten, der in seinem etwas zu großen Anzug irgendwie geschrumpft wirkte. Er arbeitet in einer Eternit-Fabrik. Ayşe hat mal in der Klasse erzählt, dass ihr Vater nachts immer einen türkischen Sender hört. Das Einzige, was er liest, ist der Koran.
Die schlimmste Zeit für Ayşe war, als ihr älterer Bruder nach dem Hauptschulabschluss nicht gleich eine Lehrstelle fand. Da stand er fast täglich am Schulausgang und brachte seine vermummte Schwester auf dem kürzesten Weg nach Hause. Er selbst trug natürlich Jeans und Lederjacke. Die ganze Klasse war froh, als Riza schließlich als Azubi bei Karstadt eingestellt wurde.
Klar, dass Ayşe nicht mitsollte auf die Klassenreise an die Ostsee. Aber Frau Karst hatte sich, obwohl sie ja gar nicht unsere Klassenlehrerin war, ganz offiziell bei den Culfas angemeldet und mit Ayşes Vater und ihren beiden Brüdern zu Abend gegessen. Es hatte unter anderem gefüllte Zickleinbrust gegeben, mit Mandeln, Basilikum und einem Teelöffel Nelkenpfeffer. Ayşe und ihre Mutter, die anderthalb Tage für die Zubereitung des Festessens gebraucht hatten, mussten in der Küche essen.
Am Ende des Abends war Frau Karst, die in einem schwarzen Kleid mit goldenen Knöpfen erschienen war, das Unmögliche gelungen. Sie hatte Herrn Culfa, unter dem Protest seiner beiden Söhne, die Erlaubnis abgerungen, dass Ayşe mitfahren durfte.
«Sie hat versprochen, dass ich kein Schweinefleisch essen werde und nicht im Meer bade und dass sie mich keine

Minute aus den Augen lässt», hatte Ayşe später Susan verschämt erzählt.
Außerdem musste Ayşe in dem zweiten Bett in Frau Karsts Zimmer schlafen. Das war auch eine Bedingung von Herrn Culfa gewesen.
Während Frau Karst und Ayşe auf dem Klo waren, feixte Franse: «Lassen Sie mich bitte mit dem Kind die Toilette aufsuchen!» Ich weiß auch nicht, was ihn an dem Satz störte. Stuka, der ziemlich viel Bier getrunken hatte seit seiner Auseinandersetzung mit Rocky, hob den Kopf, der ihm auf die Brust gesackt war. «Was 'n für 'n Kind? Das iss doch kein Kind mehr, wenn die so rumläuft. Hab ich mal irgendwo gelesen.»
Wie er das denn meine, wollte Franse wissen.
Stuka, der rittlings auf einem Stuhl saß, drehte die Bierdose auf den Kopf, die er in der Hand hielt. «Schmeiß erst mal 'ne Portion Jauche rüber.»
Franse, der selbst nur wenig oder gar nichts getrunken hatte, so genau hatte ich ihn nicht beobachtet, griff unter seine Bomberjacke und warf Stuka eine Bierdose zu, die der geschickt auffing.
«Is ja pisswarm!», beschwerte er sich.
Franse streckte die Hand aus. «Dann gib sie doch wieder her!»
Stuka tippte sich grinsend mit der Dose an die Schläfe. Es zischte, als er den Verschluss mit den Zähnen aufriss. Er nahm einen großen Schluck. Dann wischte er sich den Mund mit dem Handrücken ab. «Also, das is so», sagte er. «Das Kopftuch müssen die sich erst umbinden, wenn sie ihre Blutungen kriegen.» Er zeigte mit der Bierdose zwischen seine Beine. «Echt?» Franse zerrte vor Aufregung an seinen Haaren.
Die Tür flog auf: «Los, los, bewegt euch gefälligst!» Baller-

mann schubste zuerst Ayşe, dann die Karst in den Raum.
«Warum sagt diese alte Kuh dann, dass die Kleine noch ein Kind ist?», wollte Franse wissen.
Ich hatte den Eindruck, dass die Karst sofort ahnte, worum es ging. Sie hatte plötzlich diesen entschlossenen Zug im Gesicht.
Stuka grinste. «Schätze, wir sollten das mal überprüfen.»
«Klaro!» Franse hatte sich unauffällig an Ayşe herangepirscht. Er wollte ihr wohl das Kopftuch herunterreißen.
Ayşe stieß einen kleinen, entsetzten Schrei aus.
Dann hatte sie auch schon zugegriffen, zog die Hand des Skinheads mit einer schnellen Bewegung zu sich heran und schlug ihre Zähne hinein.
Franse heulte vor Schmerz auf. Seine Kumpels johlten. Als es Franse schließlich gelang, seine Hand zu befreien, tropfte Blut vom Daumenballen.
Glatze schlug sich vor Freude auf die Schenkel. Sein Gesicht war rot angelaufen.
«Ausziehen!», schrie er. «Ausziehen! Franse soll sie ausziehen!»
Franse leckte das Blut von seiner Wunde. Auf seinem schwammigen Gesicht lag ein gemeines Grinsen, als er langsam auf Ayşe zuging.
Ayşe wollte durch den Ausgang flüchten. Aber Ballermann stand mit ausgebreiteten Armen vor der Tür.
Wie gehetzt sah Ayşe sich um. Dabei hielt sie die ganze Zeit den Kopf gesenkt.
Plötzlich war die Karst bei ihr und legte schützend die Arme um sie. Zornig funkelte sie Franse an. «Du fasst dieses Mädchen nicht an!»
Franse wich einen Schritt zurück. Auf einmal sah er wie ein kleiner Junge aus: Immer wieder wischte er sich mit

dem Daumen die langen Haarfransen aus der Stirn. Er war knallrot geworden.
Die Skins wieherten schadenfroh. Glatze und Stuka stolperten dichter heran, um ja nichts zu verpassen. Beide standen nicht mehr ganz sicher auf den Beinen.
«He, was soll das?», protestierte Glatze, als Rocky die beiden an den Schultern packte und sie auseinander stieß.
Rocky beachtete den Protest überhaupt nicht. «Das haben wir gern!», fuhr er die Karst an. «Sich für dieses Ausländerpack stark machen! Und uns nehmen die dann die Lehrstellen weg! Aber dir kann das ja egal sein! Du bist Beamtin, stimmt's? Dir kann ja nichts passieren. Und wenn wir alle bis hier in der Scheiße sitzen ...», er zeichnete seine Unterlippe mit der Handkante nach. «Du kriegst dein Geld immer noch. Von unseren Steuern.»
Franse, offenbar von Rockys Worten ermutigt, streckte die Hand nach Ayşes Kopftuch aus.
«Finger weg!», sagte die Karst scharf.
«Hast du immer noch nicht kapiert, Franse?», fragte Rocky. «Sie will nicht, dass du diese Türkenmumie freilegst.» Er grinste gemein. «Vielleicht möchte sie, dass du sie mal ausziehst.»
«Dazu brauche ich keine Hilfe!», konterte die Karst kühl. «Das kann ich ganz gut allein.»
«Dann aber direkt vor deiner Klasse!», kommandierte Rocky. «Damit deine Kanakenfreunde auch was davon haben. So was kriegen die ja zu Hause nicht.»
Herr Naumann, den Frau Karst vorhin, als er nach Ballermanns Tritten halb bewusstlos liegen geblieben war, mit Hilfe von Peter Schirmer und mir auf einen Stuhl in der letzten Tischreihe gesetzt hatte, richtete sich auf. Er hatte die ganze Zeit, den Kopf auf den Unterarmen, reglos dagesessen.

«Nein!», rief er empört. «Das geht jetzt wirklich zu weit!»
Er wollte aufstehen, hielt aber mitten in der Bewegung inne und griff sich an die Seite, dorthin, wo Ballermann ihn getreten hatte.
Die Karst streckte die Hand in seine Richtung aus und winkte unwillig, dass er sich wieder setzen solle.
«Bitte, Thomas! Halt dich da raus!»
Dann schob sie Ayşe von sich. «Setz dich neben Herrn Naumann, Ayşe.»
Ute Preis, die rechts neben dem Naumann saß, stand sofort auf und machte ihren Stuhl frei.
«Los, Muttchen!» Rocky schob Frau Karst vor die Klasse. «Mach's nicht so spannend!»
Frau Karst streifte die goldene Häkelweste ab und schaute sich kurz um. Sie überlegte wohl, wo sie die Weste hinlegen sollte. Dann zuckte sie die Achseln und ließ die Weste einfach auf den Boden fallen.
Sie öffnete die Knöpfe ihrer dunkelblauen Bluse. Darunter hatte sie nichts, ich meine, sie trug keinen Büstenhalter.
Ich gebe zu, dass ich gern mal hingesehen hätte. Aber ich traute mich nicht. Irgendwie fand ich es unfair.
«He, nicht wegschauen! Wer weiß, wann du so was mal wieder geboten kriegst!»
Plötzlich stand Rocky neben mir. Er hatte wieder sein Stuhlbein in der Hand. Aber das legte er vor mir auf den Tisch, nahm meinen Kopf zwischen seine Hände und hielt ihn so, dass ich nach vorn sehen musste.
Auch die anderen Skinheads liefen zwischen den Tischen herum und passten auf, dass keiner von uns wegschaute, während die Karst den breiten dunkelblauen Gürtel löste und ihn auf die anderen Sachen fallen ließ. Dann öffnete sie den Verschluss ihres weiten Rocks.
Ich merkte, dass ich einen trockenen Mund bekam. Ob-

wohl das für mich eigentlich nichts Besonderes ist. Eine nackte Frau, meine ich. Meine Mama ist in dieser Beziehung hemmungslos. Es kann einem glatt passieren, dass man sonntagmorgens um neun in die Küche kommt, und sie steht splitternackt am Kühlschrank und löffelt einen Joghurt.

«Und jetzt den Schlüpfer!», grölte Glatze.

Frau Karst hatte ihren in verschiedenen Blautönen geblümten Rock fallen gelassen. Nun hatte sie nur noch einen schwarzen, weiten Seidenslip an.

Sie schob die Finger unter das Gummiband, streifte den Slip über ihre Oberschenkel und ließ ihn zu Boden gleiten.

Die ganze Zeit hielt Rocky meinen Kopf fest, damit ich hinsehen musste.

Aber ich hätte es wahrscheinlich auch so getan. Denn irgendwie war überhaupt nichts dabei, wie Frau Karst sich auszog. Ich weiß nicht, wie ich das beschreiben soll. Es war wie auf Sylt, wo wir vor zwei Jahren Ferien in Kampen gemacht haben. Wenn man da am Nacktbadestrand herumrannte, war es auch nicht weiter aufregend, dass die Frauen und Männer alle nichts anhatten.

Frau Karst musste auch am Nacktbadestrand gewesen sein. Ihr kleiner Busen war genauso braun wie der Rest ihres Körpers. Auch ihr ziemlich großer Po war gebräunt. Sie hatte übrigens einen ganz schön dicken Bauch. Bisher war mir das nie aufgefallen. In den Kleidern und Kostümen, die sie trug, wirkte sie immer sehr schlank.

«Los, dreh dich mal ein bisschen!», rief Rocky. «Die Kids sollen schließlich was sehen.»

Die Karst drehte sich zweimal.

«Haben wir eigentlich noch Jauche?», fragte Franse.

Frau Karst ging in die Hocke und griff nach ihren Sachen.

Sie legte sie auf einen Stuhl und begann, sich wieder anzuziehen.
Keiner der Skinheads protestierte.
Sie wirkten irgendwie frustriert.
Ich weiß auch nicht, was sie eigentlich erwartet hatten. Jedenfalls war es wohl nicht eingetreten.
Ich sah, dass Frau Karst, während sie ihre Bluse wieder zuknöpfte, einen schnellen Blick auf ihre Armbanduhr warf.
Ich schaute auch auf die Uhr.
Es war dreiundzwanzig Minuten nach eins. Warum die Polizei wohl immer noch nicht da war?

Matthias Schröder

Schüler der R 7:

«Was ist denn?», fragte die Frau ganz teilnahmsvoll. Sie war stämmig, nicht dick, aber kräftig und überhaupt nicht schön, aber sie sah sehr zuverlässig aus.
Ich ratterte mal wieder runter, was sie wissen musste. Und als ich fertig war, stemmte sie den einen Arm in die Seite und sagte: «Das ist ja eine schöne Bescherung!»
Ich sah, dass sie ernsthaft überlegte, wie sie mir helfen könnte. Ich fand sie gut. Inzwischen war ich ja ziemlich misstrauisch geworden, aber ich glaube, ich kann immer noch unterscheiden, ob auf einen Menschen Verlass ist oder nicht.
«Wir müssen uns aber beeilen», drängelte ich.
«Nein», sagte sie, «das will gut überlegt sein ... nun lass mal, mir fällt da schon was ein. Am besten, du kommst erst mal mit zu mir nach Hause. Ich wohne hier gleich um die Ecke. Es sind wirklich nur ein paar Schritte.»
«Ich wollte auf der Polizeiwache anrufen, hab aber keine Groschen», sagte ich kleinlaut.
«Die Polizei ... ach, weißt du, die Polizei ist auch nicht mehr das, was sie mal war», sagte sie, «und überhaupt, dass einer Polizist ...» Sie brachte den Satz nicht zu Ende und setzte sich schon in Bewegung, und ich tippelte neben ihr her.
«Sie halten wohl nicht viel von Polizei?», sagte ich, während wir gingen.

«Richtig», antwortete sie ganz freimütig, «seit Rostock glaubt Lotte Maschke nicht mehr an die Polizei. Du weißt ja nie, ob die nicht wieder mit solchen Burschen zu kungeln anfangen. Nein, nein, selbst ist die Frau. Ich hab mir gedacht: Ich trommele meine Schwestern vom Kirchenchor zusammen. Und dann rücken wir denen mal auf die Bude.»

Sie lachte optimistisch, und in diesem Augenblick traute ich ihr unbedingt zu, dass sie den Skins ganz schön einheizen würde. Später, als wir an ihrer Wohnungstür standen und ich das Namensschild sah, wurde mir klar, dass sie selbst diese Lotte Maschke war.

Sie schloss auf, und was ich in den nächsten zehn Minuten erlebte, ließ alle meine Hoffnungen wieder in Rauch aufgehen. «Fritz, Birgit», trompetete sie geradezu, als wir den engen Flur betraten, «Lotte ist wieder da!»

Sie musste so brüllen. Aus einem Zimmer, dessen Tür angelehnt war, dröhnte der Fernseher. Zunächst gab es keine Reaktion.

Wir gingen in die Küche und da saß Birgit. Das war die Tochter. Sie war ein, zwei Jahre älter als ich, hockte am Küchentisch, hielt sich die Ohren zu und lernte Vokabeln.

«Warum sitzt du denn hier in der Küche?», fragte Lotte.

Birgit nahm die Hände von ihren Ohrmuscheln. «Was hast du gesagt?» Und als Lotte ihre Frage wiederholt hatte, erklärte sie ihrer Mutter: «Drin hockt ja der Alte, lässt sich voll laufen und sieht Fußball und nackichte Weiber in der Glotze. Wie 'ne nackte Frau aussieht, weiß ich schon, und dass der Ball rund ist, auch. Aber du weißt ja, wie freundlich mein Erzeuger ist, wenn er sich besäuft.»

«Lass mal», sagte Lotte beruhigend und fuhr Birgit mit der Hand übers Haar, «das kriegen wir schon wieder auf die Rolle.»

Das brachte sie gut und ich dachte: Bei der Frau ist doch noch Hoffnung.
Lotte ging also ins Wohnzimmer, und ich dackelte immer hinterher, damit sie meine Probleme über alldem, was hier auf sie zukam, nicht ganz aus den Augen verlor.
Da drinnen sah es vielleicht aus! Kaum zu beschreiben. Der Fernseher dröhnte. Gerade wurde der Tormann von Bayern München von einem Reporter interviewt. Lottes Mann hing vor einem Sessel auf dem Boden, grunzte etwas Unfreundliches. Um den Sessel, aus dem er auf den Fußboden gerutscht war, standen mindestens zehn Bierflaschen und eine kleine Wodkaflasche. Alle Flaschen waren leer.
«Scheißspiel», rief Fritz und machte eine verächtliche Handbewegung. «Wenn man bedenkt, was dieser Blödmann da verdient ... da muss unsereiner fünf Jahre mit auskommen ... und lässt so 'nen leichten Ball durch. Unmöglich. Abschießen ... rausschmeißen. Verkaufen, ehe er noch mehr Unheil anrichtet ...»
Darauf ging Lotte nicht ein. Sie warf einen kritisch-sorgenvollen Blick auf die Flaschen.
«Wir hatten uns doch auf nicht mehr als zwei geeinigt», sagte sie fast tonlos, aber ohne Vorwurf.
«Sind halt doch ein paar mehr geworden ... bei so 'nem Mistspiel!»
Fritz kam mühsam hoch, wankte, schrie «Buh» und stieß die Faust in die Luft. Und wenn Lotte ihn nicht aufgefangen hätte, wäre er hingestürzt.
Lotte stützte dann wieder den einen Arm so in die Hüfte wie vorhin, als wir uns trafen. Sie blieb einen Augenblick so stehen, atmete tief durch und rief dann in die Küche: «Birgit, kommst du bitte mal ... wir müssen Vaddern ins Bett schaffen.»
Aber Birgit kam nicht.

«Ich könnte Ihnen ja helfen», bot ich an.
«Bist 'n lieber Junge», sagte Lotte, «aber das macht besser die Familie. Trag du schon mal die Flaschen in die Küche und stell den Fernseher ab.»
Na ja, ich machte mich also damit nützlich. Das war im Nu erledigt. Lotte und Birgit waren mit dem Vadder zugange. Und bei denen dauerte und dauerte es. Ich weiß nicht, ob sie den Fritz, ehe sie ihn ins Bett brachten, erst noch einmal unter die Brause gestellt haben. Gut getan hätte es ihm sicher. Ich stand im Flur und trat von einem Bein auf das andere. Aus dem Schlafzimmer drangen jetzt Schluchzlaute, das war bestimmt Fritz.
Endlich kamen Lotte und Birgit aus dem Schlafzimmer. Sie schienen sich zu schämen für den Alten. Ich hatte das Bedürfnis, etwas Tröstliches zu sagen: «Machen Sie sich nichts draus. Das kommt in den besten Familien vor», sagte ich lässig.
«Du musst nicht denken, dass er immer so war», sagte Lotte, «aber sieben Monate arbeitslos, das haut den stärksten Mann um. So, Birgit. Nun kannst du ins Wohnzimmer, aber mach besser jetzt Schluss. Du brauchst auch deinen Schlaf.»
Birgit schob ab, und Lotte sah zu mir hin, als wüsste sie überhaupt nicht mehr, wie ich hier in den Flur ihrer Wohnung gekommen wäre.
«Ach, Kleener», sagte sie, «so hatte ich mir das ja nu nicht vorgestellt. Aber jetzt gehen wir's an. Komm ...!»
Ich folgte ihr ins Treppenhaus, und sie klingelte an der Tür der Nachbarn. Sie musste mehrmals klingeln, ehe jemand aufmachte.
Endlich öffnete ein Mann im Schlafanzug. «Ach, du, Lotte», sagte er, weder unfreundlich noch sonderlich erbaut. «Krakeelt Fritz wieder mal?»

«Nein, nein, alles unter Kontrolle.»
«Und was willst du dann?»
«Ich muss ein paar Telefongespräche führen ...»
«Jetzt um diese Zeit?»
«Geht nicht anders, muss sein», beharrte Lotte, «ist Dora noch auf? Nein? Sag ihr, sie soll sich schon mal anziehen. Wir müssen was unternehmen. Inzwischen ruf ich die anderen Schwestern an.» Sie sagte immer «Schwestern», wenn sie Frauen meinte. Das hatte wohl was mit Solidarität zu tun.
Ihr Nachbar hatte da so seine Bedenken. Das war ihm anzusehen. «Ach, wieder mal 'ne Frauensache, mitten in der Nacht. Ist doch heut nicht Walpurgisnacht, oder?», maulte er und schlurfte nach hinten.
Unterdessen hatte Lotte ihr Notizbuch aufgeklappt – «hier, halt mal!» – und begann zu telefonieren. Sie rief drei oder vier Nummern an und nach dem letzten Gespräch knallte sie den Hörer auf die Gabel.
«Das ist doch zum junge Hunde kriegen», stieß sie hervor, «zwei haben gar nicht abgenommen und die beiden anderen kneifen.»
Inzwischen kamen der Mann und seine Dora gestiefelt und gespornt aus dem Schlafzimmer.
«Dann machen wir es eben allein», sagte Lotte trotzig. «Und, bitte schön, was?», fragte der Nachbar.
«Erzähl's ihm», sagte Lotte zu mir, und ich gab wieder mal einen Lagebericht.
Zuerst waren alle stumm. Wie sprachlos. Dann fragte der Nachbar: «War da vielleicht einer dabei, der Franse genannt wird?»
Ich nickte.
«Na, dann rat ich zur Vorsicht. In Wirklichkeit heißt er nämlich Rudi Merkel. Und über den hat schon mal die

BILD-Zeitung geschrieben. Der hat vor zwei Monaten erst das Moped eines Vietnamesen im wahrsten Sinn des Wortes klein gemacht, mit 'nem Vorschlaghammer. Der arme Kerl hatte es auf einen Parkplatz gestellt, den Merkel für sich beanspruchte. ‹Euch Ausländer müsste man alle genauso platt machen wie das Moped›, hat er ihn angebrüllt. Ein paar Leute, die aus den Fenstern schauten, haben ihm Beifall geklatscht. Plötzlich hatten Merkel und der Vietnamese Klappmesser in der Hand und sind aufeinander losgegangen. Der Vietnamese hat den Kürzeren gezogen. Sie haben ihn mit mehreren Stichen in den Leib ins Krankenhaus schaffen müssen. Und Franse ist nach der Messerstecherei verschwunden.»

Er wandte sich jetzt mir zu. «Das war hier gleich um die Ecke. In nächster Nachbarschaft.»

Und dann wieder an die Frauen gerichtet: «Und mit so einem wollt ihr euch anlegen. Die stellen fest, wo wir wohnen, und das nächste Mal schlagen sie uns die Wohnung kurz und klein. Die haben überall ihre Spitzel, denn nicht wenige Leute denken wie die ...»

«Sie auch?», fragte ich, aber das überhörte er.

«Ihr habt keine Ahnung, auf was ihr euch da einlasst», fuhr er fort. «Überlasst das der Polizei, die ist dafür zuständig. Ich weiß: Frauen lassen sich ja heutzutage von Männern nichts mehr verbieten», er machte eine Handbewegung, als wenn das skandalös wäre. «Aber ich werde nicht mit ansehen, wie ihr euch in euer Unheil stürzt.»

«Nun gut», sagte meine Lotte (so nenne ich sie, weil ich sie wirklich lieb gewonnen habe in dieser Nacht), «dann sollten wir den Polizeiposten in Wittenbeck anrufen. Die sind zuständig.»

Sie schlug die Nummer nach und der Nachbar übernahm es zu telefonieren. Er stellte der Polizei die Sachlage ziemlich genau so dar, wie ich das auch getan hätte. Aber dann schien es doch noch irgendwelche Schwierigkeiten zu geben. Der Nachbar sagte immer nur: «Gut», «Ja», «Ich verstehe», «Geht in Ordnung, Herr Wachtmeister», «Wird gemacht, Herr Wachtmeister».

Fehlte nur noch, dass er strammstand und die Hacken zusammenschlug.

Dann legte er auf.

«Der Junge soll sich bei ihnen auf der Wache melden», erklärte er.

«Ja, warum fahren die denn nicht direkt zu dem Hotel?», fragte Lotte.

«Du musst das verstehen», sagte der Nachbar, «sie kriegen in letzter Zeit immer wieder Anrufe von Leuten, die sie nur zum Narren halten. Also sagt er, er möchte mit dem Jungen selbst auf dem Revier sprechen.»

«Wie viel Zeit da wieder draufgeht ...», schimpfte Lotte.

«Tja», sagte der Nachbar, «mehr als sich bemühen kann man nicht. Ich könnte ja den Jungen hinfahren. Dann ging's schneller.»

«Das würdest du tun!», riefen beide Frauen wie aus einem Munde. Der Nachbar sonnte sich in ihrem Lob.

«Kommen Sie», sagte ich, weil ich fürchtete, er könnte es sich wieder anders überlegen. «Fahren wir gleich los.»

«Bin schon auf dem Sprung», sagte er und griff sich seine Mütze von der Garderobe.

Lotte umarmte erst ihn und dann mich. Sie sagte, ich sollte sie wissen lassen, wie alles ausgegangen sei, und sie wünschte mir viel Glück. Dann machten wir uns auf den Weg. Endlich.

Der Nachbar fuhr noch einen Trabi, aber das war ja egal. Der Wagen sprang auch sofort an und wir fuhren erst durch den Ort und dann auf einer asphaltierten Straße

durch den Stadtwald. Der Mann hatte auf seiner Seite das Fenster heruntergekurbelt.
«Immer noch ziemlich heiß», sagte er.
Einmal fragte er mich unterwegs, ob ich Fußballfan sei. Und was ich von Dynamo Dresden hielte? Die seien heute wieder mal verschaukelt worden. Ein Schiedsrichter aus dem Westen. Als ob es im Osten nicht genug gute Schiedsrichter gäbe. Das habe doch Methode. Besserwessis überall.
Dann bremste er. Die Scheinwerfer erfassten ein Schild: *Ortsteil Wittenbeck*. Wir waren da.
«Siehst du, da drüben ist die Polizei», sagte er, nachdem er angehalten hatte, «also dann ...»
Beim Anblick des erleuchteten Schilds wurde ich schrecklich aufgeregt, weil ich meinte, jetzt hätte ich es geschafft.
Ich hatte mir vorgestellt, er würde mit reinkommen. Aber das hatte er offenbar nicht vor.
Als ich die Wagentür öffnete, sah er mich groß an und sagte: «Hör mal, weißt du, wie ich heiße?»
Ich wurde aus der Frage nicht ganz schlau.
«Na, wie heiße ich denn?», fragte er noch einmal.
«Ich weiß es nicht.»
«In Ordnung, dann geh nur, und viel Glück.»
«Ihnen vielen Dank und gute Nacht», sagte ich.
«Moment noch», rief er. «Wenn die da drinnen dich verhören und ein Protokoll aufnehmen, dann sagst du nicht, wo du gerade herkommst. Verstehst du? Man weiß nie.»
«Was weiß man nie?», fragte ich. «Sie haben wohl Schiss?»
«Werd jetzt nur nicht frech», sagte er, «bist wohl auch aus dem Westen. Ihr habt keine Ahnung. Null Ahnung habt ihr.»

Das waren seine letzten Worte. Darauf zog er die Wagentür zu und fuhr los.
Ich ging auf die Tür mit dem erleuchteten Glaskasten darüber zu. POLIZEIWACHE.
Wieder sah ich auf die Uhr. Es war kurz vor halb eins. Verdammt viel Zeit war vergangen, seitdem ich weggerannt war. Verdammt viel Zeit. Hatte ich alles falsch angefangen? Ich fand nein. Ich sah nicht, wo ich einen Fehler gemacht hatte – oder es waren sehr viele gewesen. Jetzt aber, da war ich ziemlich sicher, hatte ich es geschafft.
Drinnen sah es so aus, wie es eben auf einer Wache aussieht. An der Wand neben der Tür stand eine Bank und darüber hingen Verordnungen und Steckbriefe aus. Dann gab es einen langen Tresen aus Holz. Dahinter standen drei Schreibtische. Alle Fenster waren offen.
An dem mittleren Schreibtisch saß ein Beamter. Er hatte seine Uniformjacke ausgezogen und über die Stuhllehne gehängt. Offenbar war nicht viel los. Er war dabei, ein Kreuzworträtsel zu lösen.
«'n Abend», sagte ich.
Es dauerte eine Weile, bis er reagierte.
Als er endlich aufsah, sagte er: «Morgen ... und? ... Is was?»
O Gott, was war das für 'ne Weinbergschnecke!
«Ja», sagte ich, «ich möchte eine Anzeige erstatten.»
«Gestohlenes Fahrrad oder Moped?»
«Weder noch. Ich gehöre zu einer Klasse Berliner Schüler, die im Hotel drüben im Badeort wohnt ...»
«Und jetzt hast du dich verlaufen», folgerte er.
«Nein, wir sind überfallen worden. Von Skinheads. Sechs sind es. Sie sind kurz vor zehn plötzlich in das Haus eingedrungen, in Hilgerts Hotel, in dem wir untergebracht sind.»

«Moment mal», sagte er, «doch nicht etwa die Rocky-Bande?»
«Einer, den sie Rocky nannten, war dabei!»
«Ist das wahr?»
«Hören Sie mal», sagte ich, «ich renne seit zwei Stunden durch die Gegend, um Hilfe zu holen, und Sie fragen mich, ob das auch wahr ist. Es hat jemand für mich angerufen, vor vielleicht einer Viertelstunde. Da haben Sie gesagt, man müsste hier Anzeige erstatten ...»
Mehr kam nicht aus mir heraus.
«Da brauchen wir uns nicht zu wundern, dass sie beim Konzert nicht aufgetaucht sind», sagte er wie zu sich selbst.
«Sie haben am Telefon gesagt», erinnerte ich ihn, «ich müsste selbst hier vorbeikommen.»
«Das ist korrekt. Ich glaube dir. Das Problem ist nur: Was machen wir jetzt?»
Da wurde ich wütend: «Woher soll ich denn das wissen?»
«Immer mit der Ruhe, junger Mann, brüllen kann ich auch. Wie du siehst, bin ich allein hier. Erst war das Konzert. Da waren unsere Leute dort im Einsatz. Aber Skins ließen sich kaum blicken. Bei den Kontrollen am Eingang wurden auch kaum Schlagringe gefunden. Blieb alles geradezu verdächtig friedlich. Anschließend mussten meine Kollegen gleich rüber nach Karsdorf. Dort machen sie mal wieder Autorennen. Und ich kann hier nicht weg.»
«Doch Sie müssen ... unsere beiden Lehrer und meine Klassenkameraden brauchen dringend Hilfe.»
«Ich gegen den Rest der Welt. Was?»
«Sind Sie Polizist oder sind Sie keiner», schrie ich ihn an.
«Willst du meine Dienstmarke sehen», sagte er gelassen, «ich bin sogar einer aus dem Westen. Weil die Reviere hier

alle unterbesetzt waren, nachdem ausgemistet worden ist. Du, ich kann mir auch was Schöneres denken, als in Mecklenburg Dienst zu tun.»

Jetzt wusste ich nicht mehr aus noch ein. Es war wie bei einer Klassenarbeit in Mathematik. Man sieht sich die Aufgaben an und hat nicht den leisesten Schimmer. Ich merkte, ich war wieder nahe daran zu heulen, und deswegen schämte ich mich. Ich nahm den Arm vors Gesicht und schob ihn über die Augen. Die Tränen kamen, ich konnte nichts dagegen tun.

Natürlich sah dieser Lahmarsch von Polizist, was da lief. Er kam an den Tresen.

«Na, na. Ich wollte dich nicht kränken. Aber versetz dich doch mal in meine Lage. Ich kann doch die Bude hier nicht einfach absperren und mit dir kommen. Aber ich kann ja schon mal das Protokoll aufnehmen.»

Ich blickte auf. Jetzt aus der Nähe wirkte er eigentlich ganz sympathisch. Ich strich den ‹Lahmarsch› in Gedanken. Er legte mir die Hand auf die Schulter, als könnte er mich damit trösten, und sagte dann: «Unser Revierführer meint immer: Männer, das sind die Anfangsschwierigkeiten. Das wird besser, bald. Nur ...»

«... wenn es zu spät ist», sagte ich traurig.

«... das Bald kommt nie», beendete er seinen Satz.

«Eine Generation», sagte ich. Ich hatte das mal jemand sagen hören und wollte Eindruck schinden.

Er nickte. «Das sehe ich auch so. So lange wird das dauern, mindestens.»

«Bis dahin sind die Skins Großväter und meine Lehrer sehe ich als Mumien wieder ...»

«Nur nicht übertreiben», sagte er, «gleich fordere ich über Polizeifunk zwei, drei Mann an.»

Er ging zu einer Art tragbarem Telefon, einem großen oliv-

grünen Kasten auf seinem Schreibtisch, und nahm den Hörer ab.
Er sagte irgendeinen Code. Ich nehme an, es war das Kennzeichen des Reviers. Jemand meldete sich und mein Polizist sagte: «Walter, bist du's?» – «Ja, was liegt an?» – «Überfall von Skinheads auf eine Schülergruppe in Hilgerts Hotel. Könnt ihr Leute rüberschicken? Sollen vorher auf dem Revier vorbeikommen. Zwei, drei würden's wohl tun.» – «So schnell wie möglich, Rainer. Wenn du wüsstest, was hier läuft. Eine regelrechte Straßenschlacht, und das seit einer halben Stunde. Steine, Flaschen. Sie schütten uns aus den Häusern Pisse auf den Kopf. Unglaublich. Wir kommen so schnell wie möglich. Aber ein paar Minuten wird es noch dauern, bis wir hier wegkommen.»
«Halt die Ohren steif, Walter. Ende!»
«Du auch, Rainer!»
«Da hast du's gehört», sagte der Polizist, «jetzt können wir nichts tun als warten. Setze dich mal da drüben auf die Bank und versuch ein bisschen zu schlafen. Wenn unsere Leute kommen, weck ich dich sofort.»
Herr im Himmel, hatte dieser Rainer einen Nerv. Schlafen!
Ich begann, unruhig vor dem Tresen auf und ab zu tigern.
Rainer wandte sich wieder seinem Kreuzworträtsel zu.
Ich ging immer hin und her.
Ich versuchte, an Nemed und Susan zu denken. Ganz fest an sie zu denken. An Frau Karst und Herrn Naumann und an die anderen auch. Aber besonders fest an Susan und Nemed. Soll ja helfen, wenn jemand fest an einen denkt. Was hätte ich denn sonst tun sollen?
Der Polizist sagte plötzlich: «Bitte, mein Junge, hör auf, ständig da rumzurennen, das macht mich nervös. Setz dich doch auf die Bank. Dazu ist sie ja da.»

Ich wollte ihn ja nicht reizen. Irgendwie tat er mir auch Leid. Ich nehm mal an, dass es für so 'nen Beamten auch angenehmer ist, wenn etwas läuft. Ein Polizist, der nur Kreuzworträtsel löst, ist schon 'ne traurige Gestalt. Also hockte ich mich hin.
In die Armlehne der Bank hatten mehrere Leute ihre Namen mit dem Messer eingeschnitten oder sie mit Tinte draufgeschmiert. Meist waren es Mädchennamen. Lora stand da. Anusch. Britta. Wer diese Britta wohl gewesen sein mochte? Wenn sie in einem Fernsehfilm ein Polizeirevier bei Nacht zeigen, dann werden da immer Nutten vorgeführt, die ordinär rumschreien. Also stellte ich mir vor, Lora, Anusch und Britta seien Prostituierte gewesen. Dann dachte ich, es könnten auch Mädchen gewesen sein, die hier früher in der DDR auf irgendeinen Antrag warten mussten, weil sie in den Westen reisen wollten. Ist ja egal, was Lora, Anusch und Britta für Mädchen oder Frauen gewesen waren. Und warum sollte es unter Prostituierten nicht auch nette geben?
Man weiß ja nie, was jemand dazu gebracht hat, diesen oder jenen Beruf zu ergreifen. Oder auch Skinhead zu werden. Würde mich mal interessieren, wie einer so was wird. Ich meine, ich kann mir gar nicht vorstellen, wie einer mir nichts, dir nichts dazu kommt, andere zu demütigen oder jemand zu hassen, bloß weil dessen Haut schwarz oder gelb ist und nicht weiß. Oder ausgerechnet Deutschland für das Gelbe vom Ei zu halten. Leuchtet mir einfach nicht ein. Aber ich denke, man müsste es rauskriegen, denn die Skins alle in ein Arbeitslager zu stecken, wie sich das einige wünschen, das ist bestimmt auch keine Lösung. Man müsste es rauskriegen …
O Gott, wurde ich müde.
Um mir die Zeit zu vertreiben, zählte ich. Sonst zählt man

ja immer, um einzuschlafen, aber ich zählte, um mich wach zu halten.
Irgendwann schreckte ich hoch von Schritten und Stimmen. Instinktiv schaute ich auf die Uhr. Kurz vor vier. Ich dachte schuldbewusst: Die ganze Zeit hast du gepennt und die kommen erst jetzt zurück. Obwohl ich ziemlich verschlafen war, wusste ich sofort, dass es die Beamten waren, die sich mit den Leuten beim Autorennen herumgeschlagen hatten. Der Polizist, mit dem ich gewartet hatte, zog die Nase kraus und sagte: «Nach After-Shave riecht ihr auch nicht gerade!» – «Fäkalien», sagte einer, «jetzt noch zu den Skinheads, und dann unter die Dusche.»
Die Männer sahen ziemlich erschöpft aus. Aber als ich von dem Überfall bei uns erzählt hatte, waren sie sofort bereit, sich mit mir auf den Weg zum Hotel zu machen. Unverzüglich. Das imponierte mir. Kurz ging mir durch den Kopf, wie Lotte gesagt hatte, nach dem, was in Rostock gelaufen sei, traue sie keinem Polizisten mehr. In diesem Moment dachte ich: Es gibt immer solche und solche. Und während ich den Männern hinaus zu ihrem Wagen folgte, sagte ich in meinem Selbstgespräch: Vielleicht wird die Welt doch noch nicht untergehen, solange das so ist.

Peter Müller, genannt Rocky

einer der Skinheads:

Nachdem wir die Karst gezwungen hatten, sich splitterfasernackt auszuziehen, gab es einen Durchhänger. Ich weiß auch nicht: Plötzlich war die Luft raus. Vielleicht hatten wir auch zu viel Bier getrunken. Wir wurden müde und die meisten von uns hätten wohl gern ein paar Stunden am Kissen gehorcht. In solchen Situationen hilft nur eiserne Disziplin. Da trennt sich die Spreu vom Weizen, sagte mein Kamerad Boris immer.

Ich befahl Ballermann, herumzulaufen und darauf zu achten, dass keines von den Kindern einschlief. Wen er dabei erwischte, dem sollte er sofort gehörig ein paar zwischen die Hörner geben. Glatze, Franse und Stuka hatten sich auf dem Boden neben der Tür niedergelassen. Sie redeten gedämpft miteinander. Mir schwante nichts Gutes, und ich flüsterte Ballermann zu, er solle auch auf sie ein wachsames Auge haben. Die drei aus dem Ort erwiesen sich mehr und mehr als Fremdkörper. Schlechtes Menschenmaterial. Ich warf Goebbels einen fragenden Blick zu und er kam zu mir herüber.

«Na», sagte ich konspirativ leise, «wie beurteilst du die Lage?»

Er schwieg eine Weile bedeutungsvoll, wie er es immer tut, um sich erst mal in Szene zu setzen. Dann meinte er: «Ich sag dir, das kippt jetzt. Die Kinder sind alle empört, wie

ihr, Franse und du, mit den Weibern umgesprungen seid.»
«Ach was», antwortete ich, «was wollen die schon groß machen? Wenn da welche aufmucken, lass ich Ballermann und Glatze auf sie los. Gegen die beiden haben sie keine Chance.»
«Ich an deiner Stelle würde es hier zu keiner Schlägerei kommen lassen.»
«Das gibt keine Schlägerei. Das läuft ruckie, zuckie.»
«Es sind Kinder», sagte Goebbels, «wenn Ballermann einmal zu hart hinlangt, steht da vielleicht eines nicht mehr auf.»
«Na und», sagte ich. Mir ist auch nicht danach, Kinder abzuklatschen. Das gibt eine schlechte Presse. Aber man darf sich nie eine Schwäche anmerken lassen, und gegenüber so einem wie Goebbels schon gar nicht.
Man muss wissen, Goebbels ist so was wie ein Kontroller in der Org. (Wir sagen nur ‹Org›, damit der Name der Vereinigung nicht bekannt wird. Wenn sie nämlich den Namen nicht wissen, können sie sie auch nicht verbieten.) Goebbels und ich sind mit einem Sonderauftrag unterwegs, auszukundschaften, ob die Gruppen in so 'nem Provinznest wie hier am Tag X einsatzfähig sind. Mich macht das nervös, dass Goebbels ständig was in sein Notizbuch kritzelt. Franse hat mich schon zweimal gefragt, ob ich denn meine Hand dafür ins Feuer legen könnte, dass Goebbels nicht ein Spitzel von der Polizei oder ein V-Mann vom Verfassungsschutz ist. Also, meine Hand vielleicht nicht gerade, aber ich war mit ihm auf der Zentrale.
Auch seine Vorgeschichte klingt ziemlich plausibel. Er ist ein Wessi, Gymnasiast und hat in der elften Klasse schlappgemacht. Sie haben ihn rausgeschmissen wegen faschistischer Propaganda. Auf seiner Schule hatten sie mal eine

Autorenlesung. Da ist so ein Grufti angereist und hat was darüber gewinselt, was das deutsche Volk den Juden alles angetan haben soll. Goebbels und zwei andere aus seiner Klasse sind aufgesprungen, haben dem Scheißkerl eine Hand voll Kies ins Gesicht geschmissen, «Deutschland erwache!» gerufen und dann die Arme zum Hitlergruß hochgerissen. Das war natürlich ein Fehler. Wenn sie den Kühnen-Gruß gezeigt hätten, wäre vor Gericht nichts gegen sie zu machen gewesen. Aber so flogen sie alle drei von der Schule und Goebbels als der Rädelsführer kriegte auch noch ein Gerichtsverfahren an den Hals.

Da hat ihn die Org dann für eine Weile aus dem Verkehr gezogen. Sie haben ihn in ein Wehrsportlager nach Holland geschickt, als Materialwart. Seitdem hat er nun einen holländischen Pass auf den Namen Henrik van der Marts.

Als er nach einem Jahr wieder im Vaterland auftauchte, war er eine Zeit lang Adjutant beim Eisheiligen. Darauf ist er immer noch sehr stolz und streicht es dir bei jeder Gelegenheit aufs Frühstücksbrot. Adjutant bei einem der Märtyrer der Org – bis der Eisheilige an Aids nach Walhalla einging. Zuvor hatte er Goebbels noch an die Zentrale für Führungsaufgaben empfohlen. Zu Auslandskontakten, zum Erstellen von Mailboxprogrammen oder als Kontroller. Ein Kontroller muss rausfinden, wie die Disziplin in bestehenden Gruppen ist, ob in bestimmten Orten in der Provinz Leute da sind, auf die Verlass ist, wenn es mal richtig losgeht. Hart müssen die sein und diszipliniert.

Also, da seh ich Stuka und Glatze glatt durchs Sieb fallen. Franse, glaube ich, hat mehr Mumm.

Ich ging mit Goebbels zum Fenster, machte eine Kopfbewegung gegen die Tür hin und fragte leise: «Was hältst du von den dreien?»

«Kannst du vergessen. Vom Bewusstsein und von der Disziplin her. Die wollen nur saufen und prügeln. Unbrauchbar für unsere Zwecke. Außerdem läuft gegen Franse ein Strafverfahren, eine idiotische Geschichte. Hat das Mofa von einem Vietnamesen platt gemacht und sich dann in eine Messerstecherei verwickeln lassen.»

«Woher weißt du das?»

«Ich habe Stuka ausgehorcht.»

«Ach ja ...?»

«Ich habe ihm gesagt, wir würden ihn vielleicht mitnehmen zur Zentrale, wenn er mir dies und das erzählt.»

Säuisch, dachte ich, jeder bespitzelt jeden, und das nennt sich dann Kameradschaft. Das Beste wird sein, überlegte ich, wenn ich mit Goebbels mal klar Schiff mache. An Grips war er mir überlegen, aber mir war aufgefallen, er hatte Angst vor Gewalt.

«Was für 'ne Beurteilung wirst du denn über mich abgeben?», fragte ich ihn unvermittelt.

«Wir werden uns gegenseitig beurteilen müssen, wenn wir zur Zentrale zurückkommen.»

Wollte er einen Deal mit mir machen? In die Falle ging ich ihm nicht.

«Das ist keine Antwort.»

«Du schreckst vor keiner Härte zurück, würde ich sagen.»

«Ist das nun ein Lob oder was Negatives?»

«Na, denk doch mal daran, was der Führer gesagt hat: Flink wie Windhunde, hart wie Kruppstahl und zäh wie Leder. So sollte ein deutscher Junge sein. Du kannst ja mal selbst überlegen, ob du das alles bringst.»

Ich beobachtete seinen Gesichtsausdruck und dachte: Aus dir werd einer schlau.

«Meinst du, wir sollten hier bald abbrechen?»

«Unbedingt. Abmarsch vorbereiten», sagte Goebbels, «aber ohne das Gesicht zu verlieren.»
«Die Taktik der kleinen Nadelstiche», erinnerte ich ihn an das, was sie uns auf dem Schulungskurs gesagt hatten, «Instabilisierung der gesellschaftlichen Ordnung, Einschüchterung der demokratisch gesinnten Bevölkerungsgruppen.»
«Mumpitz», sagte er höhnisch, «das bringt's nicht.»
«Was denn dann?»
«Der Führer sollte auch in dieser Beziehung unser Vorbild sein», belehrte er mich, «der Weg geht durchs Parlament. Unterwanderung der demokratischen Parteien ... sie zwingen, unsere Politik zu machen. Von rechts bis Mitte. Eine echte Linke gibt's ja ohnehin nicht mehr. Die sind für lange unglaubwürdig. Maulwurftaktik. Bis plötzlich das ganze faule System zusammenbricht und uns der Staat wie eine überreife Frucht in den Schoß fällt. Schon jetzt haben doch die meisten Leute die Nase gestrichen voll von den alten Parteien. Sagen: Nichts ist wie in der Weimarer Republik, und wissen: Es läuft alles wieder darauf hinaus. Aber das Volk muss uns rufen. Wir müssen zu den Rettern in höchster Not werden.»
Das war eine neue Strategie. Ich erinnerte mich, wie unser Ausbilder gesagt hatte: Ohne Kampf und Gewalt kein Preis. Merkt euch das, Jungens. Wir müssen kämpfen lernen. Kämpfen, das bedeutet für mich: mit den Fäusten oder mit einem Gewehr in der Hand.
Ich war wütend über diese Klugscheißerei, mit der Goebbels versucht hatte, mich zu belabern.
Ich drehte mich auf dem Absatz um und stand überraschend vor der Karst.
«Können wir mal ein paar Takte zusammen reden?», sagte sie.

«Ich wüsste nicht, was wir zusammen zu bereden hätten», sagte ich cool.
«Ich möchte dich bitten, dass du Ballermann sagst, er soll nicht immer zuschlagen, wenn einem der Mädchen oder Jungen die Augen zufallen vor Müdigkeit – wenn sie schlafen, sind sie keine Gefahr für euch.»
«Sie sind auch so keine Gefahr, mit euch werden wir immer noch fertig.»
«Natürlich, das hat man ja vorhin gesehen.»
«Werd nur nicht frech. Ich kann auch noch ganz andere Saiten aufziehen. Schreib dir das endlich hinter die Ohren.»
«Ohne Zweifel, aber wie das endet … da wäre ich, nach dem, was die Kinder so erlebt haben, nicht mehr so sicher.»
Sie hatte etwas an sich, das mich richtig böse machte. Etwas, das niedergerungen werden musste. Nicht nur bei ihr, sondern überall. Sonst würden wir nie siegen.
«Wenn du versuchst, hier so etwas wie eine Neuauflage des Warschauer Ghettoaufstands vorzubereiten …», sagte ich, um sie zu provozieren, und machte eine abkippende Handbewegung. «Du weißt ja, wie der ausgegangen ist.»
«Ich bewundere deine Geschichtskenntnisse. Aber lassen wir das. Betrachten wir mal die Lage ganz nüchtern: Ihr seid sechs, wir sind zwei Erwachsene und über zwanzig Schülerinnen und Schüler. Wenn wir alle über euch herfallen, könntet ihr leicht den Kürzeren ziehen.»
«Ja wenn … Wenn ihr euch so stark fühlt, warum habt ihr dann nicht längst losgeschlagen? Der Stärkere gewinnt immer.»
Ich deutete auf Naumann, der immer noch wie ein Häufchen Elend dasaß.
«Dir scheint entgangen zu sein, dass sich etwas geändert

hat», sagte sie mit einer verdammten Gelassenheit. Sie war so ruhig und sicher. Ich hätte gern mal gesehen, dass sie außer Fassung gerät.
Ich wusste, dass sie Recht hatte, dennoch sagte ich: «Was soll sich denn geändert haben? Ein Stall aufgescheuchter Hühner sind deine Schüler. Außerdem werden sie jetzt müde, und mit denen willst du in den Krieg ziehen? Nur zu. Wenn das passiert, dann garantier ich für nichts mehr. Da ist alles drin – bis hin zu Toten.»
«Genau aus dem Grund dürfen du und ich es nicht dazu kommen lassen. Du trägst die Verantwortung für deine Leute, ich für die Kinder.»
«Und was schlägst du vor?»
«Zieht ab. Ihr habt euren Spaß gehabt. Von jetzt ab könnt ihr nur noch verlieren. Es ist nur eine Frage der Zeit und die Polizei kommt.»
«Vielleicht hast du Recht», sagte ich tonlos, aber dann fiel mir ein, dass mir das in Goebbels' Augen bestimmt Minuspunkte einbringen würde.
Ich musste nachdenken. Ich war auch müde. Ich hätte jetzt einen Kaffee gebrauchen können. Aber daran war nicht zu denken. In einem Punkt hatte die Karst bestimmt Recht: Kinder, die schliefen, konnten nicht über uns herfallen. Also rief ich Ballermann zu mir und sagte leise zu ihm: «Hör mal: Wer einschläft, schläft ein … lass sie. Aber keiner soll sprechen.»
Ich sah, dass er es bedauerte. Jemand zu schlagen macht ihn tatsächlich glücklich. Ballermann ist mal Boxer gewesen. Das hat nicht geklappt. Ein amerikanischer Jude, der als Promoter auftrat, hat ihn ausverkauft. So nennt man das, wenn man jemand hoch motiviert in einen Kampf schickt, dessen Ausgang vorher abgesprochen ist. Seitdem hasst Balli alle Juden. Er sieht so 'ne richtige jüdische Welt-

verschwörung im Boxsport am Werk. Alles fest in ihrer Hand, und wenn's nicht die Juden sind, ist es die italienische Mafia.
Als ich Ballermann in Hannover getroffen habe, war er Rausschmeißer in einem Beatschuppen. Damals hatte sich die Band, mit der ich als Roadie auf Tour war, gerade aufgelöst. Sie kamen einem Verbot zuvor, aber im Nationalen Netzwerk kursieren bis heute Kassetten von ihnen.
Der Refrain eines der Lieder begann so:

«Die Retter Deutschlands, das sind wir.
Für mein Heimatland kämpf ich wie ein wildes Tier.»

Es soll sich auch jemand gefunden haben, der erst kürzlich wieder eine CD mit ihnen gemacht hat und sie mit gutem Erfolg vertreibt. Ein Fabrikant aus dem Schwäbischen, der bis vor kurzem Landtagsabgeordneter der FDP war. «Die Reichskriegsflagge» nannte sich die Band, als ich noch mit dabei war.
Ich hatte damals in Hannover ein bisschen Kohle, die Kasse war aufgeteilt worden. Ich hatte die Idee, mir eine Truppe aufzubauen und sie dann als Saalschutz an die Org zu vermieten.
Der Erste, den ich dazu anheuerte, war Ballermann. Er ist unerhört anhänglich. Leider ist er auch reichlich primitiv. Er stammt aus Mainz und sein Lieblingslied ist *«Heile, heile, Gänsge/wird schon widder gut ...»*. Das ist ein uralter Karnevalsschlager. Wenn Balli den hört, kriegt er Tränen in die Augen. Wir sind mal in eine Gastwirtschaft gekommen, da war das Lied erstaunlicherweise noch in der Musikbox. Er hat es fünfmal spielen lassen. Und zum Schluss hat er geflennt wie ein Schlosshund. Ballermann würde für mich durchs Feuer gehen. Da bin ich ganz sicher.

Aber mit der Schutztruppe, das klappte dann nicht. Ich hätte mehr Kapital haben müssen und mehr Erfahrungen im Milieu. Ballermann blieb mir erhalten. Er hängte sich an mich, wie eine Klette. Ab und zu benutze ich ihn als Sparringspartner. Wir gehen dann in eine private Sportschule und machen ein paar Trainingsrunden. Das ist so meine Art, mich fit zu halten für den Kampf ums Dasein. Gut, es macht Spaß, jemand befehlen zu können, und der gehorcht aufs Wort. Ich brauche nur zu sagen: «Ballermann vor!», und schon setzt er sich in Bewegung. Wie das Pleuelgestänge an einer Dampflok. Zu Ballermann könnte ich auch sagen: «Mach den Goebbels hin!», und er würde es auf der Stelle tun. Aber dann gingen wir beide wohl ziemlich bald hinter Gitter. Nein, so war das Problem auch nicht zu lösen.

Ich musste überlegen. Ich brauchte eine Auszeit. Jemand musste mich vertreten. Deswegen gibt es ja auch immer die Adjutanten. Dass einer das Sagen hat, dem alle gehorchen, ist außerordentlich wichtig. Sonst gibt es ein Durcheinander, und das ist der Anfang vom Ende. Ich denke, es war ein ganz guter Trick, Franse für 'ne Weile das Kommando zu übertragen. Erst mal hatte er nichts getrunken und dann gehörte er zu der Clique aus dem Ort. Die anderen würden eifersüchtig und misstrauisch werden, wenn ich ihn auszeichnete.

Ich rief also in den Saal: «Kameraden, alle mal herhören! Ich muss mich jetzt mal kurz mit der weiteren Planung beschäftigen. So lange wird Franse hier das Kommando übernehmen.»

Franse grinste geschmeichelt und blickte schon ganz als der große Macker in die Runde.

Aber da mischte sich Goebbels ein und rief: «Einspruch – man soll niemanden überfordern. Wir wissen alle, dass unser Franse leicht mal die Nerven verliert. Franse ist ein guter Kamerad, wenn es darum geht, Ausländer abzuklatschen, voller Mut und Einsatzfreudigkeit, aber Befehlsgewalt … nein, das kann ich nicht verantworten. Die Befehlsgewalt übernehme ich.»

Hätte ich widersprechen sollen?

Ich konnte mir keinen Konflikt mit Goebbels leisten, aber es gab auch noch einen anderen Grund. Naumann und die Karst und einige Schüler, darunter auch dieser Nemed und Susan, tauschten jetzt viel sagende Blicke. Blicke, die zu sagen schienen: He, jetzt kriegen sie sich in die Haare. Das wird unsere Chance.

«Glatze und Ballermann patrouillieren!», ordnete ich noch an, weil es mir wichtig schien, mir die Befehlsgewalt nicht völlig aus der Hand nehmen zu lassen. Dann streckte ich mich auf dem Fußboden aus und verschränkte die Hände hinter dem Kopf. So kann ich mich am besten konzentrieren.

Als ich da so lag, zog plötzlich, ohne dass ich es gewollt hätte, mein ganzes Leben an mir vorbei.

Wie ich als Lehrling aus Halle nach München gekommen war, wie unser Lehrherr, nachdem er die Ausbildungsprämie für uns kassiert hatte, uns allen kündigte und wir angeschissen dastanden. Danach begann meine Zeit auf der Straße. Kleine Diebstähle. Da mach ich mir kein Gewissen draus. Mundraub. Auch mal gebettelt. Auf Bahnhöfen. So mit dem Spruch: Haben Sie mal 'ne Mark? Wie ich nach Frankfurt getrampt war und mich dort bei den Schwarzen Sheriffs hatte anwerben lassen.

Also, da habe ich erst so die richtige Wut auf Ausländer bekommen. Zigeuner aus Rumänien. Wie die in der S-Bahn immer bescheißen, wenn sie auf ihren Drogenfahrten sind. Selbst wir Schwarzen Sheriffs mit unseren Schäferhunden waren gegen die machtlos. Denn wenn man sie kontrolliert und bei einem feststellt, dass er wieder mal schwarzfährt, fällt am anderen Ende des Wagens eine von ihren Weibern gespielt in Ohnmacht, und alles stürzt hin, um der armen Frau beizustehen. Unterdessen hält der Zug auf der nächsten Station. Die Männer, die den Stoff transportieren, sind im Nu raus auf den Bahnsteig und dann auf und davon. Die Frau gibt vor, kein Wort Deutsch zu verstehen. Wenn es zu einer Gerichtsverhandlung kommt, behauptet sie, wie man einen Fahrschein erwirbt, stehe auf Rumänisch bestimmt nicht an den Fahrkartenautomaten, und sie könne eben nur Rumänisch lesen. Man ist ja kein Unmensch, sagt sich der Richter, und die Lokalreporter sind immer aufseiten der Zigeuner. Also lässt der Richter sie laufen, kleine Fische, was ja zutrifft, aber wir als Ordnungskräfte sehen ganz schön alt aus.

Und überhaupt der Rauschgifthandel in Frankfurt. Die großen Dealer sind vorwiegend Nordafrikaner. Sie setzen die Zigeuner als Verteiler ein oder lassen sie schützen, wenn sie Hütchenspiele machen. Die Zigeuner kommen mit Schleppern aus Polen ins Land. Und was sie denen schulden, müssen sie abzahlen. Auch wenn man sie wieder zurückschickt. Über die Zigeuner kommt der Stoff in die Asylantenlager. Um Stoff zu kaufen, dafür haben sie merkwürdigerweise immer Geld. Aber dann jammern, dass ihnen die Stütze gekürzt wird. Hifi-Türme und tolle Videoapparate stehen bei denen in den Buden rum. Wo haben sie die her? Das will ich Ihnen sagen. Die können sie sich nur anschaffen, weil sie mit Stoff dealen. Man steht ziemlich blöd da als Schwarzer Sheriff. Alle braven Bürger sehen einen vorwurfsvoll an, aber schützen sollen wir sie.

Eines Abends nun hat mich Boris, mein Kamerad, der

auch aus der ehemaligen DDR stammt und früher mal bei der Stasi war – das hat er denen, als sie ihn einstellten, natürlich nicht auf die Nase gebunden –, auf eine Versammlung der Org mitgenommen, und was ich da hörte, war mir aus der Seele gesprochen. All dieses ausländische Gesocks raus aus Deutschland, dann gäbe es auch für jeden Deutschen einen Arbeitsplatz. Hinterher hat uns dann einer von den Rednern zum Bier eingeladen. Am Wochenende bin ich mit Boris in einen kleinen Ort im Saarland gefahren, da hatte der, der uns das Bier spendiert hatte, eine regelrechte Festung, Stacheldrahtrollen um das Grundstück, im Garten Zweimannbunker. Auf dem Grundstück haben sie alte SS-Uniformen getragen. Und überallhin bestand Sprechfunkverbindung.

Am anderen Morgen haben wir Schießübungen im Keller gemacht. Es war das erste Mal, dass ich geschossen habe. Da hat sich herausgestellt: Ich habe ein Händchen dafür. Immer mitten ins Schwarze. Peng, peng, peng. Nie 'ne Fahrkarte drunter. Unser Gastgeber hat gesagt, ich sei ein Phänomen. Mich würde er am liebsten zum Scharfschützen ausbilden lassen. Wenn mal einer umzulegen wäre, sei ich der richtige Mann dafür. Ich habe mich gefühlt. Plötzlich bin ich in den Augen der anderen *wer* gewesen.

Einmal war die Gegensprechanlage am Tor und an der Haustür kaputt. Ich hab sie im Nu repariert. Und so bin ich zu der Metal-Rock-Band «Reichskriegsflagge» gekommen, als Roadie. Das sei doch wohl weit besser als bei den Schwarzen Sheriffs, hat Fritz-Heinrich, der Bandleader, gesagt.

Stimmt: Lustig ist das Zigeunerleben. Immer so auf der Autobahn. Oft die ganze Nacht unterwegs von einem Auftritt zum anderen. Da konnte man sich fast wie 'n Trucker fühlen und die Kohlen haben auch gestimmt. Mädchen konntest du so viel aufreißen, wie du wolltest. Die sind dir nur so zugeflogen. Wenn du denen ein Autogramm beschafft hast und sie mit hinter die Bühne durften, waren sie zu ziemlich viel bereit. Das kann man ja ruhig laut sagen: Ab und zu braucht der härteste Knochen ein bisschen Zärtlichkeit. Na ja, und als es bei der Band aus war, haben die Kameraden mich zur Zentrale zurückgeschickt. Die ist in Magdeburg. Gut getarnt. Die hebt niemand aus. Die kann sich, wenn 'ne Großrazzia kommt, in Luft auflösen. Echt. Außerdem gibt's da den Warndienst über unsere V-Männer in der Polizei.

Schluss jetzt mit den Träumereien von alten Zeiten. Du musst jetzt einen Entschluss fassen, Rocky, habe ich mir selbst befohlen. Mir war plötzlich klar geworden, dass ich völlig in der Luft hing. Und wenn dieser Goebbels mich verleumdete, sah es mit der Org auch mies aus. Ich könnte zurück zu meinen Eltern nach Halle. Aber ich kann mir das Elend da schon vorstellen. Der Alte arbeitslos, ich arbeitslos. (Elektriker gibt es sowieso wie Sand am Meer.) Nur meine Mutter bringt Knete heim, weil sie als Krankenschwester auf der Intensivstation arbeitet.

... oder doch zur Zentrale der Org?

Peter Müller meldet sich zur weiteren Verwendung.

Du kannst bequem stehen, Mann.

Junge, hab ich zu mir selbst gesagt, als ich da lag und versuchte, zu einem Entschluss zu kommen, du musst aus deinem Leben noch was machen. Und das geht, nach allem, was du in deinen jungen Jahren schon hinter dir hast, nur in der Org. Die haben ein Konzept, an dem haben klügere Köpfe rumgebastelt, als du einer bist. Und wie sie es sich ausrechnen, so wird es auch laufen. Nicht auf die weiche Tour, wie sich Goebbels das vorstellt, weil er so zarte Händchen hat. Nein, immer mehr kleine Feuerchen und

dann an allen Orten auf einmal losschlagen, vor allem im Osten, Brandstiftungen, Überfälle auf Asylantenheime, Krawalle, denen die Polizei einfach nicht mehr gewachsen ist.
Und während das alles spielt, marschiert der Große Vorsitzende, dessen Namen wir nicht nennen, an der Spitze von fünfhundert Bewaffneten auf Berlin. Panzer und leichte Geschütze liefern die russischen Faschisten. Der Reichstag wird nicht eingepackt werden, er wird noch einmal brennen ... hi, hi ... als Fanal, und in einem alten Palais in der Nähe der Friedrichstraße rufen wir das Vierte Reich aus. Ja, da möchte ich mit dabei sein, und wenn ich das miterleben möchte, muss ich bei der Org bleiben. Selbst wenn ich dabei irgendwo hopsgehen sollte. Mein Leben ist dann nicht umsonst gewesen. Deutschland erwache! Jawoll.
Ich stand auf und sah mich um. Mindestens die Hälfte der Kids pennte. Naumann war auch eingenickt. Nur die Karst war immer noch hellwach. Der entging nichts. Und dann sah ich etwas, das mich einerseits sehr bedenklich stimmte, andererseits aber ein starkes Triumphgefühl bei mir auslöste. Goebbels, der Siebengescheite, der sich immer zu allem und jedem Notizen machende Goebbels ... auch er schlief. In einem Stuhl hing er, pennte und schnarchte auch noch laut dabei.
Heiliger General Ludendorff, dachte ich, man kann doch die Bande keinen Augenblick allein lassen. Dieser Goebbels und sein gesunder Schlaf! Das ließ nun mich hellwach werden. Wenn man das Kommando hat, einzuschlafen! Das ist unglaublich. Damit, überlegte ich mir, hast du mehr gegen ihn in der Hand, als er je über dich in sein blödes Notizbuch gekritzelt haben kann. Ich brüllte: «ACHTUNG! POLIZEI.» Sofort waren alle hellwach. «April, April», sagte ich dann lachend, ging zu Goebbels hin, der

sich gerade hochrappelte, und fragte ihn: «Irgendwelche besonderen Vorkommnisse, mein Alter?» Das ‹mein Alter› hört er gar nicht gern. Er mag keine Vertraulichkeiten, hält immer auf Abstand.

Aber damit war es jetzt vorbei. «Hat das Kommando und schläft ein dabei», sagte ich kopfschüttelnd und mit einem Anklang von Erbarmen in der Stimme. «Du wirst verstehen, dass ich das bei der Org melden muss.»

«Kann doch jedem mal passieren», sagte er kleinlaut.

«O nein», sagte ich, «das nun bestimmt nicht. Da werden die bei der Org wenig Verständnis dafür haben.»

Er sah mich an wie ein geprügelter Hund. «Und was hast du dir jetzt ausgedacht?»

Dich hab ich unter dem Daumen, du Schlaumeier, ging es mir durch den Kopf, ein für alle Mal.

«Das wirst du gleich zu hören kriegen, sobald du wieder voll vernehmungsfähig bist», sagte ich.

Im Stillen beschloss ich: Abmarsch vorbereiten, aber ohne Gesichtsverlust. Das konnte er nicht gegen mich ausspielen. Das waren seine eigenen Worte gewesen!

Susan Swift

Schülerin der R 7:

Die wussten auch nicht mehr, was sie eigentlich wollten. Vor allem dieser Rocky nicht. Erst durften wir alle kein Auge zumachen und dann legte er sich selbst auf den Fußboden. Nachdenken nannte er das. Aber seine Augen waren die ganze Zeit zu, hab ich genau gesehen.
Schade, dass er dann diesen Goebbels geweckt hat. Das war nämlich so spannend mit dem, dass ich mich überhaupt nicht kneifen musste. Wie der Goebbels auf seinem Stuhl hing und pennte. Alle paar Sekunden rutschte er ein paar Millimeter weiter nach unten, und jedes Mal dachte ich schon: Jetzt fällt er auf den Arsch! Das hätte ich dem nämlich gegönnt. Dass der so richtig aufs Steißbein kracht. Ich kann solche Schleimer nun mal nicht leiden. Immer geben sie einem das Gefühl, dass man irgendwas falsch gemacht hat. Der Chef von meinem Daddy war auch so ein Typ. Wenn der nicht all diese Aktennotizen geschrieben hätte, könnte mein Dad bestimmt heute noch in Tegel am Flughafen arbeiten.
Jetzt musste ich mich wieder heimlich in den Po kneifen. Das tue ich immer, wenn ich eigentlich viel zu müde bin, um wach zu bleiben. Während Rocky auf diesen Goebbels einredete, musste ich mich noch fünfmal kneifen und jedes Mal ein bisschen stärker. Wahrscheinlich hatte ich schon jede Menge blaue Flecken da unten. Aber ich wollte unbe-

dingt mitkriegen, wie es weiterging. Das Leben ist das beste Kino, sagt meine Mama immer. Und dann erzählt sie meistens, was sie diesmal wieder alles erlebt hat in ihrem Doppeldecker.

Dieser Rocky hatte nun wieder Oberwasser. Er bückte sich nach einem Stuhlbein. «Alles mal herhören!», brüllte er plötzlich und schmetterte das Holz auf einen der Tische.

Roland Quax, der direkt daneben mit dem Kopf auf der Tischplatte geschlafen hatte, schoss hoch und blinzelte verängstigt.

«Eure Lehrerin meint, dass ihr Kids mal 'ne Pause braucht», sagte Rocky. «Na schön, ich will mal nicht so sein. Also los! Stühle und Tische dort in die Ecke schieben, und dann legt ihr euch alle da an der Wand auf die Erde. Aber schön in Reih und Glied. Damit die Kanaken unter euch mal lernen, was Ordnung ist.»

Goebbels hatte sich schräg hinter Rocky gestellt. «Wie lange wollen wir denn überhaupt noch ...»

Rocky fuhr herum. «Schnauze!», sagte er leise.

«Blas dich hier bloß nicht so auf!» Goebbels war kreidebleich. Irgendwie sah der komisch aus, wie er unter seinem Ledermantel herumfuhrwerkte. Plötzlich hatte er eine Pistole in der Hand. Ich bin nicht sicher, ob die anderen das überhaupt mitbekommen haben. Es ging ja auch alles sehr schnell.

«Steck das Ding weg!», brüllte Rocky. «Sonst kannst du dir gleich in dein Notizbuch schreiben, dass ich dir einen Tritt in die Eier verpasst habe!»

Ich kenn mich mit Waffen ein bisschen aus. Als mein Daddy noch GI bei der US Army war, hat er seine Kanone manchmal mit nach Hause gebracht. Meistens war das ein Revolver, ein 38er-Smith & Wesson Spezial. Eine Zeit lang hat er aber auch eine Pistole gehabt, ebenfalls eine Smith & Wes-

son. Eine 9-mm-Automatik war das. Meine Mama rastete jedes Mal aus, wenn sie Daddy dabei erwischte, dass er mich zuschauen ließ, wie er die Waffe auf einer dicken Schicht Zeitungen am Küchentisch reinigte und ölte. Mama wollte nicht, dass ich eine Knarre in die Hand bekam.
Aber Daddy findet, dass man alles kennen muss, vor allem wenn man eine Hautfarbe hat wie ich. Mama durfte das nicht wissen, aber Daddy hat mir die Kanonen manchmal in die Hand gegeben. Verflixt schwer waren die. Vor allem der Revolver. Der wog einiges mehr als die Pistole.
«Wenn das Magazin drin ist, gleicht sich das wieder aus», sagte Daddy immer. Aber er hat es nie reingeschoben.
Wie gesagt, es war nicht gerade das erste Mal, dass ich so eine Kanone sah. Außerdem stand ich günstig. Deshalb war ich vielleicht die Einzige, die mitkriegte, wie dieser Goebbels den Daumen auf den Sicherungsbügel legte und die Pistole entsicherte. Er war kreidebleich und sein Adamsapfel hüpfte wie verrückt auf und ab.
Rocky sagte leise etwas, das ich nicht genau verstehen konnte. Es klang wie: «Lass den Scheiß, verdammt nochmal!» Aber es kann auch etwas anderes gewesen sein.
Goebbels stand einen Moment da wie ein Denkmal. Dann schluckte er zweimal, sicherte die Pistole wieder und stieß sie mit einer heftigen Bewegung unter seinen Ledermantel zurück. Ich glaub, der kochte richtig vor Wut. Aber er hatte Schiss vor diesem Rocky.
Wie gesagt, ich weiß nicht, ob die Karst und der Naumann das überhaupt mitbekommen haben. Jedenfalls taten sie so, als hätten sie die Waffe nicht gesehen. Sie hatten sich gleich an die Arbeit gemacht. Einige von uns halfen ihnen, die Tische und Stühle zusammenzuschieben. Aber nur wenige. Die meisten standen wie die Zombies da und kiekten dämlich aus der Wäsche.

«Hinlegen!», kommandierte Rocky. «Aber zack, zack! Sonst üben wir das erst mal!»
Da ich gerade an der Wand stand, setzte ich mich einfach hin und streckte mich aus. Und wer legte sich neben mich? Nemed. Natürlich tat er so, als sei das reiner Zufall. Ich grinste ihn an und sah ihm in die Augen. Ungefähr so wie das Mädchen damals in dem Film, in dem ich mit Matthias war: Nach vielleicht fünf Sekunden drehte Nemed hastig den Kopf zur anderen Seite. Aber ich hatte genau gesehen, dass er rot geworden war wie eine Tomate. Das fand ich nun total süß von ihm. Ich hätte ihn küssen können, so süß fand ich das.
Aber ich habe es nicht getan. Ich wollte nicht, dass mir wieder so was passierte wie mit Matthias. Matt habe ich damals aus reiner Neugier geküsst. Ich wollte mal ausprobieren, wie das ist, wenn man so küsst wie das Mädchen im Film. Aber wie Matthias da geguckt hat! Ziemlich bescheuert, fand ich. Seine Augen waren riesengroß geworden und hatten so komisch gestrahlt. Ich weiß noch genau, dass ich dachte: Mensch, Susan, da hast du ja ein duftes Spiel entdeckt.
Aber als ich jetzt so neben Nemed lag und Nemed sein Gesicht weggedreht hatte, merkte ich, dass etwas passiert war heute Nacht. Vorhin im Stadtwald, als Nemed den Skins das Hotel verraten hatte, damit mir dieses Mädchen nicht die brennende Zigarette auf die Backe drückte, war ich noch sicher gewesen, dass ich ihn liebte. Ich wusste ja, dass er mit mir gehen wollte. Ich bin schließlich nicht blind. Aber seit Matt weg war, wurde mir immer deutlicher bewusst, dass ich ihn mehr mochte. Obwohl er mir manchmal mit seiner großen Klappe ganz schön auf den Geist ging. Man muss doch nicht immer angeben wie 'ne Lore Affen, oder? Vielleicht, dachte ich, ist es doch besser,

ich halte mich ein bisschen fern von Matt. Wer weiß, was sonst noch alles passiert.

«Ruhe im Saal!» Rocky ließ sein Stuhlbein auf eine Tischplatte knallen. Er marschierte an unseren Füßen entlang auf und ab. «Uhrenvergleich!» Er sah auf seine Armbanduhr. «Es ist jetzt 3.47 Uhr! In genau einer Stunde ist Wecken. Bis dahin will ich keinen Mucks hören, klar?»

Er baute sich an der Tür auf und schickte seine Leute nach draußen. Nur Ballermann hielt er zurück. Dann setzte er seinen Daumen auf den Lichtschalter.

«Kleine Marscherleichterung», sagte er. «Damit die Kids besser schlafen können, schalte ich das Licht aus. Aber die Tür bleibt angelehnt. Ballermann, du bist verantwortlich dafür, dass hier keiner aus der Reihe tanzt.» Er legte den Arm um den Boxer und flüsterte ihm etwas ins Ohr.

Ballermann grinste und schlug sich zweimal mit der Faust in die linke Handfläche. Dabei ließ er seinen Blick über uns hinweggleiten, als suche er sich sein erstes Opfer aus.

«Wenn du Verstärkung brauchst», sagte Rocky laut, «wir sind auf der Terrasse. «Dann schaltete er die Lampen aus.

Ich hörte, wie Rocky in seinen Springerstiefeln durch das Treppenhaus davonging.

Einige von uns wurden unruhig in der Dunkelheit.

Sofort tobte Ballermann durch den Raum. Polternd fiel ein Tisch um. Irgendetwas krachte gegen die Wand und landete auf dem Boden.

Da war es ganz plötzlich still.

Man hörte nur Ballermanns schwere Schritte. An der Tür blieb er stehen.

«Wenn ich jetzt noch was höre, mach ich einen von euch alle», sagte er ruhig.

Ich weiß noch, dass ich überlegte, ob Ballermann vielleicht

auch eine Waffe hatte. Womöglich hatte sogar jeder von denen eine Kanone dabei.
Aber das war natürlich Quatsch mit Soße. Der .38er-Smith & Wesson Spezial von meinem Daddy war fast fünfundzwanzig Zentimeter lang, und er wog fast ein Kilo. So ein Riesending steckt man nicht so einfach in die Hosentasche.
Während ich so dalag, merkte ich, dass ich richtig froh war, dass mein Daddy nicht mehr bei der Army war. Das ist auch so eine komische Sache bei mir. Als Dad noch Berufssoldat war, bin ich immer sehr stolz auf ihn gewesen, wenn er mich mal in Uniform aus dem Kindergarten oder später von der Schule abholte. Als sein Vertrag bei der Army zu Ende ging, war das eine harte Zeit für mich. Dad wollte in die Staaten zurück, aber Mama war dagegen. Sie meinte, als Schwarzer sei Dad in den USA doch der letzte Arsch. Vielleicht würde er dort nie einen guten Job bekommen. Gut, auf dem Flughafen Gepäckkarren zu fahren sei auch nicht gerade das Gelbe vom Ei, aber immerhin ein Anfang, und später könnte er vielleicht mal genau wie sie Doppeldeckerbusse fahren, wenn er sich immer wieder bewerbe.
In letzter Zeit, vor allem seit Daddy arbeitslos ist, sagt Mom das nur noch ganz selten. Sie schimpft nicht mal mehr, wenn Daddy säuft. Sie versteckt nur die Whiskyflaschen. Manchmal, wenn sie im Fernsehen wieder diese Bilder von Nazis oder brennenden Ausländerhäusern zeigen, sieht sie ganz unglücklich aus. Vielleicht denkt sie, es wäre doch besser gewesen, wenn sie damals ihrem Doppeldecker einen Abschiedskuss gegeben hätte und mit uns nach New York gegangen wäre. Da kommt Daddy nämlich her. Nicht direkt aus New York City, sondern aus einem Kaff in der Nähe.

Mit Daddy wird es immer schlimmer in letzter Zeit. Eine Weile hatte ich sogar richtig Krach mit ihm, weil er mich dauernd herumscheuchte. «Susan, läufst du mal eben für mich zum Zigarettenautomaten?» Oder: «Darling, kannst du mir mal die neue Newsweek vom Kiosk holen?» Früher hat er sich solche Sachen immer selbst besorgt. Warum jetzt nicht mehr? Er hat doch massenhaft Zeit.
Eines Tages nahm Mom mich dann beiseite. «Dein Daddy hat Angst, Susan.» Ich starrte sie ungläubig an, während sie mir erzählte, dass mein Dad sich nicht mehr auf die Straße traut, weil er sich vor solchen Typen wie diesen Skinheads hier fürchtet.
Und was ist mit mir, dachte ich. Meine Haut ist doch auch braun, gut, nicht ganz so braun wie seine, aber braun genug, dass jeder sofort sieht, dass ich eine Farbige bin. Aber ich behielt das lieber für mich. Was hätte Mama auch darauf antworten sollen?
Vielleicht wäre es wirklich besser, wenn wir nach New York gingen. Aber in den Staaten gibt es auch jede Menge Arbeitslose. Es ist also gar nicht so sicher, dass Daddy dort einen Job findet. Hier in Berlin haben wir wenigstens das Gehalt von Mama.
Mir persönlich ist es schnuppe, dass wir jetzt nicht mehr so viel Geld haben. Hauptsache, es reicht für den Zoo. Am liebsten geh ich da mit Daddy hin, und es macht überhaupt nichts, wenn er einen Kleinen in der Krone hat, wie Mama immer sagt. Dann wird er nämlich mutig und man kann so schön mit ihm rumspinnen. Über die weltberühmte Affenforscherin Dr. Susan Swift zum Beispiel, die im afrikanischen Dschungel mit einer Gorillafamilie lebt und alles filmt und aufschreibt, was die Menschenaffen so tun. Das hab ich nämlich mal im Fernsehen gesehen. Seitdem steht für mich fest, was ich später mal werde: Tierpflegerin.

«Hörst du was?» Weil ich nicht gleich reagierte, tippte Nemed an meinen Oberarm. «Du, Susan, hörst du was?»
«Nee, nichts.» Ich hob ein wenig den Kopf und lauschte. «Außer dass da drüben am Fenster eine heult.» Vielleicht war es auch ein Junge. Es war sowieso ganz leise. Wer immer das war, er gab sich alle Mühe, sein Schluchzen zu unterdrücken.
«Ich hör auch nichts», flüsterte Nemed.
«Na, prima! Und deshalb weckst du mich extra?» Dabei hatte ich gar nicht geschlafen. Komisch, nicht? Erst muss ich mich in den Po kneifen, damit mir die Augen nicht ganz von selbst zufallen, und wenn ich dann schlafen darf, lieg ich da und denk stundenlang an sonst was.
Dann fiel bei mir endlich der Groschen. «Du meinst …?»
«Könnte doch sein, oder?»
Die Stimme der Karst kam leise aus der Dunkelheit. Links neben mir lag Ayşe und neben ihr dann natürlich Frau Karst. «Was gibt's da zu flüstern?»
«Nemed meint, die könnten abgehauen sein», antwortete ich. «Man hört nichts mehr von …»
Etwas polterte gegen die Tür und fiel zu Boden.
Ein paar Sekunden lang war es still im Raum. Alle hielten den Atem an.
Ich hörte, wie die Karst sich aufrichtete. «Was war das?»
«Mein linker Schuh», antwortete der Naumann. «Ich wollte nur mal ausprobieren, ob der Ballermann noch da ist.»
Dann stand der Naumann auf und ging vorsichtig zur Tür. Dass es der Naumann war, hörte man daran, dass er nur einen Schuh anhatte.
«Vorsicht, Thomas», sagte die Karst. «Vielleicht ist es eine Falle, oder dieser Ballermann ist nur mal ausgetreten. Bier haben sie ja genug getrunken.»

«Mist!» Naumanns Stimme klang ratlos.
«Was ist denn?»
«Die Lampen! Sie funktionieren nicht mehr.»
Es stellte sich heraus, dass es im ganzen Haus kein Licht mehr gab. Weder bei uns im Aufenthaltsraum noch im Treppenhaus noch sonst irgendwo.
Aber das fanden wir natürlich erst nach und nach heraus, nachdem wir eine ganze Weile wie die verschreckten Hühner dicht aneinander gedrängt in der Dunkelheit gestanden hatten. Ich weiß noch, dass ich die ganze Zeit meine Arme so komisch gehalten habe, fast in Schulterhöhe, damit ich meinen Kopf schützen konnte, falls Ballermann plötzlich mit seinem Stuhlbein auf uns einprügelte. War ja gut möglich, dass er irgendwo im Dunkeln lauerte und ...
Draußen auf der Straße gab es einen ohrenbetäubenden Krach. Wir kreischten auf und flüchteten uns alle in die Ecke am Fenster.
Schwere Schritte trampelten ins Treppenhaus. Durch das Fenster kam von draußen ein greller Lichtstrahl und glitt suchend durch den Raum.
«Hier ist die Polizei!», meldete sich von draußen eine Lautsprecherstimme. «Niemand verlässt seinen Platz!»
Mehrere Männer stürmten mit Taschenlampen herein. Andere polterten die Treppen nach oben. Ein paar Minuten lang herrschte das reinste Chaos. Ich weiß noch, dass ich, in einem ganzen Pulk von uns, mit dem Rücken an der Wand stand und einfach nur alles über mich ergehen ließ.
Dann ging auf einmal das Licht wieder an.
Zwischen zwei Polizisten tauchte ein verlegen grinsendes Gesicht in der Tür auf.
«Matthias!»
Ich lief auf ihn zu, schlang ihm die Arme um den Hals und

gab ihm einen Kuss. Nicht direkt auf den Mund, weil Matthias erschrocken den Kopf wegdrehte, aber dicht daneben.
Einige der Bullen lachten.
«Idioten!», sagte ich, aber nur ganz leise, denn ich war ja froh, dass sie endlich da waren.
«Sind alle weg!», hörte ich einen der Männer neben mir in ein Sprechfunkgerät sagen. «Verfolgung zwecklos. Die kennen sich hier doch besser aus als wir. Wir kümmern uns erst mal um die Kinder. Wie? Moment, ich frag mal.» Er hob die Stimme. «Gibt es hier Verletzte?»
«Thomas, was ist mit dir?», fragte die Karst. Der Naumann schüttelte den Kopf.
«Von den Kindern ist auch niemand verletzt, Gott sei Dank», sagte die Karst. «Aber ich möchte trotzdem, dass Sie einen Arzt kommen lassen, der sie sich ansieht.»
Der Mann mit dem Sprechfunkgerät seufzte leise. Er war älter als die anderen Polizisten, ungefähr in dem Alter von meinem weißen Opa. Den schwarzen, den Dad von meinem Daddy, kenne ich noch nicht. Er lebt auch im Staat New York. Weihnachten wollte er uns besuchen. Aber dann hat er Angst bekommen, weil in den Zeitungen in Amerika so viel Schreckliches über die neuen Nazis in Deutschland stand.
«Jetzt um diese Zeit?», fragte der alte Polizist und seufzte nochmal. «Es ist Sonntag.»
«Das ist mir egal», sagte die Karst scharf. «Ich bestehe darauf.»
Ihr Blick fiel auf Matthias. Anscheinend bemerkte sie ihn erst jetzt. Sie atmete erleichtert auf.
«Matthias, wo hast du bloß so lange gesteckt?» Sie beugte sich zu ihm und sah ihm forschend ins Gesicht. «Alles in Ordnung?»

Matt nickte. «Ja, Frau Karst. Ich kann wirklich nichts dafür, dass es so lange gedauert hat.»
Sie nahm ihn bei der Hand. «Komm, wir setzen uns dort auf die Stühle und du erzählst mir alles, ja?»
Dann haben die beiden vielleicht fünf Minuten miteinander geredet. Das heißt, eigentlich hat immer nur Matt gesprochen. Frau Karst nickte häufig und legte ihm auch mal die Hand auf die Wange.
Ich glaube, Matthias war auf einmal gar nicht mehr sicher, ob er nicht alles ganz falsch angestellt hatte, und Frau Karst wollte nicht, dass er das dachte. Sie wollte ihm das Gefühl geben, dass es schon okay war, wie er sich verhalten hatte. Aber das ist nur eine Vermutung von mir. Ich habe ja nicht gehört, was die beiden miteinander redeten. Es kann natürlich auch sein, dass sie ihm Vorhaltungen gemacht hat, dass er überhaupt abgehauen ist. Aber eigentlich sah es mir nicht danach aus.
Schließlich erhob sich Frau Karst. Sie blickte sich suchend um.
Der Naumann stand inzwischen bei dem Polizisten mit dem Sprechfunkgerät. Winter hieß der, so viel hatte ich inzwischen mitgekriegt. Naumann regte sich darüber auf, dass die Polizei nicht sofort eine Großaktion gestartet hatte, um die Skinheads zu verfolgen.
Frau Karst kam herüber. «Entschuldigen Sie, bitte», sagte sie, zu Winter gewandt. Dann nahm sie den Naumann beiseite und redete kurz mit ihm.
«Außerdem», sagte sie anschließend zu dem alten Polizisten, «brauchen wir einen Bus, der die Klasse nach Berlin zurückbringt.»
«Einen Bus?» Der Mann in dem khakifarbenen Uniformhemd machte ein ganz schön genervtes Gesicht. «Jetzt sofort?»

«Matthias hat mir erzählt, wie schwer es für ihn war, Hilfe zu bekommen», sagte Frau Karst kühl. «Ich habe nicht die Absicht, länger als unbedingt nötig mit den Kindern in dieser Gegend zu bleiben.»
Der Winter nickte langsam. Man merkte deutlich, dass ihm auf einmal ein ganz anderer Gedanke durch den Kopf ging: Er wollte uns loswerden, so schnell wie möglich.
«Versteh ich», sagte er. «Ich lasse gleich mal bei Reventlow anrufen. Das ist der Busunternehmer hier am Ort ...»
«Und der schickt dann einen Bus, an dessen Steuer vielleicht der Vater eines der Skinheads sitzt», sagte Frau Karst. «Nein, ich will einen Autobus aus Berlin.»
Den kriegten wir dann auch. Aber erst am Nachmittag. Denn als die Ärztin kam, stellte sich heraus, dass der Naumann zwei gebrochene Rippen hatte und erst mal ins Krankenhaus musste.
Ich glaube, Frau Karst wollte ihn nicht allein zurücklassen. Deshalb ging sie auf den Vorschlag der Ärztin ein, uns Schülerinnen und Schüler doch erst mal ein paar Stunden schlafen zu lassen.
Frau Karst hatte aber zwei Bedingungen. Ein Polizist sollte im Hotel bleiben und Wache halten für den Fall, dass die Skinheads doch nochmal zurückkamen. Außerdem sollte die Polizei ihr ein Funktelefon zur Verfügung stellen. Dann würde sie sich schon selbst um den Bus aus Berlin kümmern.
Das mit dem Funktelefon passte dem Polizeimenschen nicht.
«Unmöglich», sagte er.
«Dann gehe ich jetzt zur nächsten Telefonzelle», antwortete Frau Karst.
Der Polizist hatte plötzlich einen lauernden Blick. «Und weiter?»

«Ich werde meinen Mann anrufen.» Frau Karst lächelte. «Er ist übrigens Rechtsanwalt und Notar, und er wird gern einige Telefongespräche für mich führen. Zum Beispiel auch mit einem SFB-Reporter, der bei uns gleich nebenan wohnt.»

Wie es dann weiterging, weiß ich nicht. Als die Ärztin mich untersucht hatte, schickte sie mich ins Bett. Wie berauscht stieg ich die Treppe hinauf und ging in das Zimmer, in dem ich mit drei anderen Mädchen wohnte.

Mein Rucksack, der auf dem Stuhl am Fußende gestanden hatte, lag auf dem Fußboden. Jemand hatte den gesamten Inhalt herausgerissen und ihn auf das Bett geschmissen.

Wut stieg in mir hoch. Wenn ich etwas nicht leiden kann, dann dass einer in meinen Sachen herumwühlt. Ich glaube, wenn die Skins noch unten gewesen wären, wäre ich runtergerannt und hätte sie angeschrien und getreten.

Aber zum Glück waren sie weg. Ich stopfte meine Slips und T-Shirts und alles andere wahllos in den Rucksack zurück. Nur den kleinen blauen Teddy, den Daddy mir damals, als er noch GI war, aus dem Army-Shop mitgebracht hatte, ließ ich draußen und nahm ihn mit ins Bett. Ich legte ihn auf das Kissen und drückte ihn an meine Wange, und es war mir egal, ob die anderen das sahen, wenn sie früher aufwachten als ich.

Als ich die Augen wieder aufmachte, saß Frau Karst auf meiner Bettkante. «Susan, der Bus ist da. Wir warten schon auf dich.» Sie sah mich besorgt an. «Geht es dir gut?»

Ich nickte. Aber in Wirklichkeit war ich noch in meinen Träumen. Darin war es so wild hergegangen, dass ich noch ganz außer Atem war. Doch ich konnte mich nicht an die geringste Kleinigkeit erinnern. Verrückt, nicht? Eben war

noch alles ganz deutlich da und dann ist es auf einmal wie ausgelöscht.
Ein paar Minuten später saß ich im Bus. Es war derselbe, der uns hergebracht hatte. Sogar derselbe Fahrer war am Steuer.
Weil ich von allen am längsten geschlafen hatte, musste ich ganz vorn sitzen, gleich hinter Frau Karst und dem Naumann. Die anderen hatten sich ihre Plätze natürlich alle möglichst weit hinten gesucht.
Während ich aus dem Fenster sah, hörte ich, wie der Naumann zu Frau Karst sagte, dass er sich Vorwürfe mache, weil er sich den Skinheads nicht energischer in den Weg gestellt hatte.
«Ja», sagte Frau Karst, «ich habe mich natürlich auch schon gefragt, ob wir nicht alles ganz falsch gemacht haben. Aber in Wirklichkeit ...» Sie zögerte. «In Wirklichkeit bin ich einfach nur froh, dass wir noch so glimpflich davongekommen sind. Tun deine Rippen sehr weh, Thomas?»
«Nicht der Rede wert», antwortete der Naumann. Dabei machte er eine unvorsichtige Schulterbewegung und stöhnte auf.
Wir fuhren durch eine Birkenallee. Hinter den vorbeiflitzenden weißen Stämmen streckte sich ein riesiges Feld mit lauter Sonnenblumen aus, die alle ihr Gesicht der Sonne zugewandt hatten.
Ich sah die Sonnenblumen und musste lächeln, und es dauerte ziemlich lange, bis ich merkte, dass mir Tränen über das Gesicht liefen.

Frederik Hetmann (d. i. Hans-Christian Kirsch) war nach dem Studium Lehrer, dann Verlagslektor und unternahm ausgedehnte Reisen in fast alle europäischen Länder und die USA.

Harald Tondern veröffentlichte schon als dreizehnjähriger Schüler erste Texte. Während des Studiums in Hamburg, Göttingen und Paris begann er, Kriminalromane zu schreiben und lebt heute als freiberuflicher Schriftsteller in Hamburg.

Jan Seghers

Die Sterntaler-Verschwörung

Schwarzenfels in Osthessen, ein kleiner Ort im Morgengrauen. Die Welt scheint zu schlafen. Süleyman, ein junger Streuner, wird Zeuge, wie ein Motorrad von der Fahrbahn abkommt. Als er die Taschen des toten Fahrers plündert, findet er einen Umschlag mit Fotos. Fotos, die es nicht geben dürfte. Süleyman wittert seine Chance, an Geld zu kommen. Doch er hat sich auf Gegner eingelassen, die vor nichts zurückschrecken. Die Jagd beginnt, Süleyman muss fliehen.

Zur selben Zeit wird in einem Frankfurter Hotelzimmer die Leiche einer bekannten Journalistin aufgefunden. Man hat ihr mitten ins Auge geschossen – Zufall oder ein symbolischer Akt?

Kommissar Marthaler entdeckt, dass sie einer Verschwörung auf der Spur war. Der Sterntaler-Verschwörung.

496 Seiten

Ro 567/1